흔들리는 우주에서

최현주 소설

차례

이사하는 날	007
지뢰를 밟다	019
응답을 기다리는 밤	028
흔들리는 우주에서	040
닿을 수 없는 질문	051
네 목소리에 닿고 싶어	061
우리 사이의 거리	070
빨간 사이렌의 기억	080
너의 북소리	090
마음의 메아리	102
드디어 우리 집으로	109
아빠가 남긴 것	119
마음을 울리는 소리	128
흔들린다, 아직도	138
작가의 말	142

이사하는 날

 우리 집은 상점이 늘어서 있는 골목 초입에 있었다. 빛바랜 붉은 벽돌로 둘러싸인 낡은 빌라의 2층이 내가 사는 집이었다. 이곳에서 살아온 16년의 역사도 이제 끝이다. 오늘이 바로 이곳을 떠나 할머니 집으로 이사하는 날이니까.
 오늘도 새벽부터 상점가로 물건을 실어 나르려고 차들이 연이어 들어왔다. 차의 시동을 거는 소리가 꽉 닫아 놓은 내 방 창문을 두드렸다. 가게 문을 여는 소리와 배달 짐을 옮기는 사람들의 소리가 뒤섞였다. 귀마개를 해도 사람들의 웅성거리는 말소리를 막을 수는 없었다. 깜박 잠이 들었다가 옆집에서 울리는 휴대폰 알람 소리에 그만 깨고 말았다. 발소리가 쿵쿵 천장을 울렸다. 방이 진동하며 머리가 울리는 것 같았다. 아침마다 잠을 못 자게 만드는 소음에 짜증이 났다.

방에 있으면 옆집에서 틀어 놓은 TV 소리가 들릴 정도였다. 어렸을 때는 그것을 귀신이나 외계인이 내는 소리라고 믿기도 했다. 집에 혼자 있게 되면 무서워 몸을 바들바들 떨었다. 내가 할 수 있는 일은 두 귀를 막은 채 웅크리고 있는 것뿐이었다. 지금 생각해 보면 정말 바보 같은 상상이었다. 하지만 집에 혼자 있는 시간이 많았던 나는 끝없이 이어지는 무서운 상상의 세계를 빠져나올 수 없었다.

집 근처 소방서에서 쉴 새 없이 울리는 사이렌도 항상 내 신경을 자극했다. 그 소리를 들을 때마다 신경이 왜 이토록 곤두서는지 모르겠다. 눈앞에 뭔가가 보일 듯 말 듯 몽롱해지는 기분이었다. 그러다가 귀가 찢어질 것 같은 고통이 내 몸을 파고들었다. 꿈에서도 깜박거리는 빨간 불빛과 사이렌 소리가 사납게 나를 쫓아와 있는 힘을 다해 도망쳤다. 그럴 때면 잠을 자고 일어나도 마라톤 풀코스를 완주한 듯한 피곤함을 느꼈다.

이런 고통도 오늘로 끝이었다. 할머니 집이 경주에 있다는 게 맘에 들지는 않지만, 매일 침입해 오는 소음에서 벗어날 수 있는 것만은 위안이 되었다.

밖에서는 이른 아침부터 짐을 싸는 소리가 들렸다. 나도 더는 누워 있을 수 없어 피곤한 몸을 일으켰다. 거실로 나갔더니 여러 물건이 바닥에 나뒹굴고 있었다. 전부터 가져갈 것들을 정리하고 버려 왔는데도 물건이 끝없이 나왔다. 어떻게 해야 할지 엄두가 나지 않아서 내 방 먼저 정리하기로 했다. 정신없이 움직인 끝에 12시가 되기 전에 짐 정리를 끝낼 수 있었다. 상자가 쌓인 구석에 앉아 방을 둘러봤다. 작은 침대와 책상만으로 꽉 찼던 방이었다. 낡은 침대와 책상을 미련 없이 버리고 교과서와 옷만 챙겼더니 짐이라곤 겨우 상자 4개가 다였다. 16년을 지낸 공간이어도 챙길 건 별로 없었다.

방 천장을 올려보다가 눈을 감았다. 막상 떠난다고 하니 섭섭한 마음이 더 컸다. 눈을 뜨고 휴대폰을 만졌다. 액정 아래의 모퉁이 쪽이 조금 깨지고 여기저기 긁혀 있었다. 휴대폰 화면을 몇 번이나 확인해 봐도 아무 연락이 없었다. 한재에게 연락을 할까 말까? 고민스러웠다.

내가 전학 가는 사실을 아는 사람은 담임선생님뿐이었다. 나는 선생님께 마지막까지 아무 말도 하지 말아 달라고 부탁했다. 선생님은 알겠다며 고개를 끄덕였다. 선생님의 안타까워하는 눈빛을 보자 괜히 말했나 싶었다. 누구에게도 동정 같은 건 받고 싶지 않았다. 하지만 막상 학교를 떠나려니 아쉬운 마음이 들었다. 그래도 한재에게는 마지막 인사를 하고 나올 걸 그랬다는 후회가 들었다. 괜한 허세를 부리고 말았다.

한재는 중학교에 올라와서 처음으로 사귄 친구였다. 옆자리에 앉아 인사를 나눈 것만으로도 서로에게 친근감을 느꼈다. 무엇보다 한재의 목소리가 듣기 좋아서 나는 그 애와 더 친해지고 싶었다. 한재는 허스키한 톤에 말할 때마다 끝을 조금 올리는 특이한 버릇을 가지고 있었다.

누가 "재우야!"라고 불렀을 때, 우리는 동시에 돌아봤다.

"어?"

알고 보니 우리는 성만 다를 뿐 이름이 똑같았다.

"너희 호칭이 헷갈리는데 성을 붙여서 부를까? 넌 공재, 넌 한재로. 어때?"

선생님이 웃으며 우리에게 별명을 만들어 주었다. 나는 별로였지만 한재는 힘찬 목소리로 좋다고 말했다. 한재는 나와 눈이 마주치자 해맑게 웃어 보였다. 눈이 처진 채로 활짝 웃는 모습이 보는 사람까지 기분 좋게 만들었다. 한재의 웃음소리를 들으면 어디선가 시원한 바람이 불어오는 듯했다. 어쩌면 저렇게 시원하게 웃을까? 한재를 보면서 생각했다. 나도 저렇게 활짝 웃고 싶다고.

우리는 그때 이후로 2년 넘게 꼭 붙어 다니는 단짝이 되었다. 하지만 아무리 가까운 사이여도 멀어지는 건 한순간이었다. 한편으로는 한재와 화해하고 싶었지만, 내 알량한 자존심은 한재가 먼저 말을 걸어 주기를 기다리게 만들었다.

나는 휴대폰을 계속 만지작거렸다. 오늘 이사하면 언제 돌아올지 알 수 없었다. 대학을 서울로 오지 않는 한 힘들 것이다. 시끄러운 소음에서 벗어나 홀가분할 거라 생각했는데 어느새 정이 들어 버린 모양이었다. 이 방은 세상에서 유일하게 나에게만 허락된 우주였다. 작지만 내 세상의 전부였다. 모든 게 사라진 텅 빈 방을 바라보다 사진 몇 장과 동영상을 찍었다. 그것만으로 여기서 지낸 16년이라는 시간을 온전히 담아낼 수는 없었다. 하지만 추억이 될 만한 무언가를 가지고 싶었다.

우리는 정오가 지나서야 겨우 떠날 수 있었다. 집에서 가구와 가전제품을 빼고 꼭 필요한 물건들만 챙겼다. 그것은 20개가 되지 않는 상자에 모두 담겼다. 중요한 것만 차 트렁크에 꾹꾹 쑤셔 넣고, 나머지는 택배로 보냈다. 이걸로 이사 준비는 대충 끝났다. 이제 경주로 가는 일만 남았다. 하지만 그게 가장 큰 일이었다. 서울에서 경주까지 그 오랜 시간 동안 부모님과 좁은 차 안에 있을 생각을 하니 숨이 턱 막혔다.

경주로 가는 차 안에는 역시나 무거운 정적이 흘렀다. 부모님은 거의 대화를 하지 않았고, 가끔 하는 말도 서로에게 날이 서 있었다.

아빠가 갑자기 끼어든 차에 놀라 핸들을 휙 꺾었다. 내 몸도 오른쪽으로 쏠리며 창문에 머리를 콕 박았다.

"운전 좀 조심해. 사람이 왜 이렇게 거칠어?"

나는 이마를 문지르며 아빠에게 화를 내려다가, 엄마의 짜증스러운 목소리에 입을 다물었다.

"내가 뭐 일부러 그랬어? 깜빡이도 안 넣고 껴든 차가 잘못한 거지. 그렇게 맘에 안 들면 당신이 운전하면 되잖아."

"당신은 항상 그런 식으로 반응하더라. 내가 그런 뜻으로 한 말이야? 우리가 왜 경주까지 내려가게 됐는데?"

"그 얘기를 왜 또 꺼내는 거야?"

싸움이 시작되었다. 한번 시작된 싸움은 한 사람이 지쳐 쓰러지거나 물건이 하나라도 깨져야 겨우 끝났다. 집이었다면 내 방으로 피하거나 밖으로 나가기라도 했을 텐데. 이 좁은 차 안에는 도망칠 곳이 없었다. 나는 이어폰을 꽂고 음악을 크게 틀었다.

"재우야, 귀청 떨어지겠다. 소리 좀 낮춰!"

엄마의 신경질적인 목소리가 귓속을 날카롭게 파고들었다. 나는 안 들리는 척 창밖으로 시선을 돌렸다. 차가 고속도로를 달리기 시작하니 그동안 피로가 쌓였는지 눈꺼풀이 무거워졌다. 경주까지 가는 동안 설핏 잠들었다가 깨기를 반복했다. 그러다 보니 어느샌가 할머니 집에 도착했다. 나는 차에서 내리고 나서야 찌뿌둥한 허리를 겨우 펼 수 있었다.

앞으로 살게 될 집을 보니 한숨이 절로 나왔다. 원래 살던 집은 낡기는 했어도 5층짜리 빌라였다. 반면에 할머니 집은 마당이 있는 허름한 주택이었다. 마당에는 시멘트가 군데군데 깨져 잡초들이 무성하게 자라나 있었다. 앞으로 이런 집에서 살아야 한다는 현실이 믿기지 않았다.

멍멍.

"땡이야! 가마이 쫌 있어 봐라."

할머니가 마당 안쪽에서 목줄에 묶여 짖어 대는 개에게 말했다. 털이 누렇고 복슬복슬한 게 딱 품종을 알 수 없는 시골 개의 모습이었다. 꼬리를 흔들며 머리를 쓰다듬는 내 손길을 받아 내는 땡이 모습에 짜증 났던 마음이 조금 누그러졌다.

아빠의 손짓에 우리는 할머니 집으로 이삿짐을 날랐다. 아빠는 며칠 밤잠을 설쳤는지 눈 밑에 다크서클이 진하게 내려와 있었다.

부모님과 함께 대충 짐을 정리해 놓으니, 날이 저물어 어둑어둑해졌다.

"이사 날은 역시 짜장면이지."

아빠가 서둘러 짜장면 4개와 탕수육 1개를 시켰다. 우리에게 묻지도 않고 혼자서 다 결정해 버리는 아빠에게 화가 났지만 지쳐서 말할 힘도 없었다.

"어디 가려고?"

"방에. 배달 오면 불러."

내 눈치를 보며 조심스럽게 말을 거는 엄마의 얼굴을 볼 때마다 집을 뛰쳐나가고 싶었다. 엄마가 내 기분을 살피려고 힐끔힐끔 쳐다보는 게 싫었다.

모든 건 아빠 때문이었다. 아빠가 회사를 호기롭게 나와 연

치킨 가게는 얼마 못 가 망해 버렸다. 아빠는 치킨 장사엔 경쟁자가 너무 많고 자리가 잡힐 만하면 조류 인플루엔자 같은 전염병이 터지는 게 문제라고 다 들리는 혼잣말로 투덜거렸다.

내가 보기에는 아빠의 잘못이 가장 컸다. 아빠는 준비된 자만이 세상을 손에 넣을 수 있다고 귀에 못이 박히도록 말하곤 했다. 그런데 자신은 정작 아무 준비도 하지 않고 일을 벌였다. 장사를 말리던 엄마에게 자기만 믿으라고 큰소리를 뻥뻥 치던 아빠의 모습이 잊히지 않았다.

"운이 나쁘면 뒤로 넘어져도 코가 깨진다더니…."

아빠는 손님이 없는 치킨 가게에 앉아 한숨을 내쉬며 넋두리했다. 그러고는 빈 테이블에 올려놓은 치킨이 식어 가는 것을 가만히 바라보았다. 아무리 유명한 프랜차이즈에서 소스 같은 재료를 받아 쓴다고 해도 음식에는 조리하는 사람의 손맛이 필요했다. 이제 와서 치킨의 맛을 연구하기에는 너무 늦은 것 같았다. 아빠는 왜 이렇게 무능력할까? 다른 아빠는 억대 연봉에, 어떤 장사를 해도 잘만 되던데. 아니면 주식이나 코인으로 대박이 나든지. 아빠는 그 어디에도 해당하지 않았다.

중학교에 들어와 처음 본 시험에서 좋은 성적을 받았을 때 아빠가 해 준 말이 떠올랐다.

"공부는 운이 아니다. 공부는 무조건 노력이야. 나 때는 말이다…."

아무 생각 없이 본 시험이었던지라 얼떨떨해 있던 내게 아빠는 잘했다는 말은커녕 정신 차리고 노력하라는 말만 하고 가 버렸다. 운에 기대서는 안 된다고 한바탕 연설을 했던 아빠가 그것에 더 매달리고 있을 줄은 몰랐다. 운이 나쁜 아빠는 집에 들어오는 새벽이면 꼭 술을 마셨다. 집에 술이 떨어지지 않는 게 신기했다.

얼마 지나지 않아 아르바이트생에게 줄 최저 시급도 부담스러운 상황이 되었다. 인건비를 줄이기 위해 엄마도 가게에 나갈 수밖에 없었다. 처음 가게를 열 때만 해도 자신은 절대 도와주지 않을 거라던 엄마의 외침은 연기처럼 공중에 사라져 버렸다. 가게에서 매일 붙어 있게 된 엄마와 아빠는 전보다 더 자주 싸웠다. 멀어지고 싶어도 그럴 수 없는 게 문제였다. 더욱이 가게를 보는 사람이 늘었다고 해서 장사가 갑자기 잘될 리 없었다.

부모님은 싸울 때가 아니면 그 좁은 가게에서 서로 말도 거의 하지 않았다. 같은 공간에 있지만, 상대방이 투명 인간이 되어서 보이지 않는 것처럼 대했다. 폭풍이 오기 전의 고요함이랄까. 부모님 사이는 언제 터질지 모르는 활화산 같았다. 화산이 폭발하면 작은 섬 정도는 용암에 녹아 금방 사라질 것이다. 그 작은 섬이란, 숨을 못 쉬어 뻐끔거리는 나였다. 내 신경은 늘 부모님 눈치를 살피느라 날카롭게 곤두서 있었다. 집에서도 긴장의 끈을 놓을 수 없었다.

나는 학교 수업이 끝나고 매일 저녁에 치킨 가게로 향했다. 몸에 밴 기름 냄새가 싫었지만, 손 놓고 가만히 있기가 힘들었다. 가게에 가 보면 아빠는 기름에 닭만 튀길 뿐 다른 일은 하지 않았다. 주문이 없으면 주방에 의자를 갖다 놓고 멍한 눈으로 창밖 풍경만 바라봤다. 가게를 돌아다니면서 청소라도 좀 하지. 가만히 앉아 있는 모습이 너무나 보기 싫었다.

가게가 가끔 바쁠 때면 나는 홀에서 서빙을 했고 가까운 곳에 배달도 다녀왔다. 가게를 찾는 손님들은 그런 나를 효자라고 추켜세웠다. 하지만 나는 가게 일을 도우며 얻은 효자라는 칭찬이 그다지 와닿지 않았다. 그렇게 좋아하던 치킨도 한 달 동안 계속 먹었더니 입에서 닭 털이 나올 것만 같았다. 그래도 닭을 튀기는 소리만은 마지막까지 싫어지지 않았다. 반죽을 묻힌 닭 조각을 기름에 넣을 때 나는 '치이익' 소리를 듣기만 해도 기분이 좋았다.

"재우야, 나와! 밥 먹자."

나는 뭉그적거리다 거실로 나가 짜장면을 먹었다. 그동안 집에서 혼자 짜파게티를 자주 해 먹었더니 짜장면도 지겨워서 맛이 없었다.

"월요일부터 새 학교에 가는 거 알지? 엄마가 함께 가 줄까?"

"내가 애야? 혼자 갈 수 있어."

사실 경주로 내려오면서 학교를 그만두고 싶었다. 중학교까지는 의무 교육이니 끝까지 다니라는 엄마의 간곡한 부탁에 꾹 참을 수밖에 없었다. 학교는 가기 싫었지만 나까지 엄마에게 걱정을 끼치고 싶지는 않았다.

"재우야, 새 친구들 만나니 좋제이."

할머니의 말에 그제야 초등학교에 들어가기 전까지 여기서 지냈던 기억이 떠올랐다. 당시 우리 집은 서울에서 자리를 잡지 못하고 있었다. 일이 바빴던 부모님은 돌봄이 필요한 나를 할머니에게 맡겼다. 그때는 엄마와 아빠가 나를 버린 줄 알고 펑펑 울었다. 내가 아프면 부모님이 돌아올지도 모른다는 생각에 며칠 동안 방에 콕 박혀서 밥을 먹지 않겠다고 떼를 썼다. 그런 나 때문에 할머니가 많이 힘들어했다. 할머니가 부모님에게 전화해 나를 못 보겠다며 데려가라고 말하기를 바랐다. 하지만 할머니는 아무 말 없이 내 옆에 꼭 붙어 있어 주었다. 방에 들어앉아 조용히 마늘이나 파를 다듬었고 생무를 조각으로 잘라 입에 넣어 주기도 했다.

일주일을 그러고 있었더니 좀이 쑤셔서 가만히 있을 수가 없었다. 결국 할머니를 따라 텃밭이나 마을 여기저기를 뛰어다녔다. 가지고 놀 수 있는 게 별로 없어서 나뭇잎을 모은 뒤 그 위를 뒹굴거나 곤충을 잡으면서 놀았다. 그렇게 이곳에서 할머니와 사는 것을 점차 받아들이게 되었다. 그래도 불편하거나 도시에 없는 게 많았다.

"할머니, 맛난 거 해 줘!"

할머니에게 말하려면 큰 소리로 외쳐야 했다. 그러지 않으면 반응이 없거나 잘못 알아들어서 대화를 이어 갈 수 없었다. 동네에 또래 친구도 없어서 나는 언제나 혼자였다.

어렸을 때 외롭게 지냈던 기억이 떠올라 울컥 화가 치밀었다.

"친구를 새로 사귀면 뭐해요? 놀러 갈 데도 없는데."

짜장면 면발을 입에 넣는데 엄마가 내 팔을 툭 쳤다.

"재우야, 할머니한테 버릇없이 굴지 마!"

"에이. 밥 먹을 때는 개도 안 건드려."

나는 거의 다 먹은 짜장면 그릇을 식탁에 탁 소리가 나게 내려놓고 방으로 들어가 버렸다.

"저, 저놈이…."

아빠가 혀를 찼지만 나는 귀를 두 손으로 막았다. 자기 일이나 잘하고 나를 혼내라고 속엣말을 하면서.

"진짜 여기서 좀 나가고 싶다."

방에 난 작은 창밖으로 얼굴을 내밀었다. 숨을 크게 내쉬었지만 답답한 마음은 조금도 풀어지지 않았다.

지뢰를 밟다

"저녁 먹고 산책하러 갈까?"

이삿짐을 정리하고 며칠이 지났다. 아빠의 제안에 우리는 일요일 밤에 차를 타고 밖으로 나갔다. 피곤하고 귀찮아서 집에서 쉬고 싶었지만, 오늘만은 전부 참석하라는 아빠의 강압에 툴툴거리며 차에 탔다. 이런 화목한 가족 놀이에 다시는 끼지 않겠다고 속으로 몇 번이나 다짐하면서.

경주는 어디에 가든 역사 문화재가 있었다. 나는 할머니 집에서 지낼 때 웬만한 곳은 거의 다녀 봤다. 엄청나게 대단한 역사를 지녔다고 해도 경주는 내게 그저 평범한 곳이었다. 어디든 따분하고 재미없었다. 집에 남아 게임이나 할 걸 그랬다. 내 생각과는 상관없이 아빠는 가족 모두 함께 움직이는 건 오랜만이라며 신이 났다.

"첨성대로 한번 가 볼까? 산책길이 잘 꾸며져 있더라."

첨성대는 평평한 땅 위에 정말 작은 탑 하나만 세워져 있는 곳이었다. 통일신라 시대에 하늘의 별을 관찰했다고 알려진 관측대였다. 탑이라고는 해도 전혀 높지 않아서 별이 얼마나 가깝게 보였을까 싶었다. 나는 역사책에서나 나오는 문화재를 이 밤에 보러 간다는 게 이해되지 않았다. 엄마와 할머니는 이런 내 맘과 달리 밖이 시원하다며 산책길을 천천히 걸었다. 6월 말인데도 더운 날씨에 저녁에 산책을 나온 사람이 많았다. 첨성대까지 가는 길에는 야생화가 다양한 색깔을 뽐내며 아름답게 흐드러져 있었다.

나는 첨성대에 도착해 꽃밭 가장자리에 놓인 경계석 위에 앉았다. 바람이 한차례 불 때마다 숨통이 트이는 것 같았다. 지나가는 사람들이 대화하며 웃든 말든 나는 손으로 풀을 뽑았다.

"이거 가질래?"

아빠가 손을 내밀었다. 그리고 내가 대답하기도 전에 옆에 상자를 놓고 가 버렸다. 사람들이 모여 있는 곳으로 걸어가는 아빠의 뒷모습이 뒤뚱뒤뚱했다. 자세히 보지 않으면 알 수 없지만 아빠는 한쪽 다리를 약간 땅에 끌며 걸었다. 옛날에 있었던 교통사고의 후유증이라고 했다. 재수 없는 사람은 뒤로 넘어져도 코가 깨진다더니. 운이 나쁜 사람은 언제까지 계속 안 좋을까?

쓸데없는 걱정을 하다 아무 기대 없이 네모난 상자를 열었다.

가야금 연주가 나오는 첨성대 모양의 오르골이었다.

"여기는 첨성대 유적지. 첨성대 오면 꼭 사야 할 기념품! 기념이 될 만한 오르골 사세요…."

아빠가 차를 주차할 때 상인들이 물건을 팔기 위해 호객을 하며 목소리를 높이던 게 생각났다. 사람들은 상인들의 호객 행위를 따라 자연스럽게 그곳으로 모여들었지만, 나는 그런 것에 관심이 없었다.

"에이. 또 오르골이잖아."

나와 눈이 마주친 아빠는 뭔가 대단한 일을 한 듯이 엄지를 척 올리며 의기양양한 표정을 지었다. 아빠가 어렸을 때 사 줬던 오르골이 떠올랐다.

초등학교에 들어가기 전이었다. 부모님은 어쩐 일로 어린이날이라며 할머니 집에 내려왔다. 오랜만에 가족이 모두 모여 첨성대로 가는 산책길을 지금처럼 걸었다. 그때도 아빠는 똑같은 곳에서 산 오르골을 내 손에 쥐어 줬다. 당시엔 어둠 속에서 반짝이는 빛을 내는 오르골을 꽤 좋아했다. 아빠가 준 선물이라 더 소중하게 간직하려고 했다. 지금은 어디로 가 버렸는지 찾을 수 없지만. 이삿짐을 쌀 때도 보이지 않았다. 어디로 간 걸까? 지금 이 오르골도 얼마 안 가 어딘가로 사라져 버리겠지.

"이건 말이다, 우리의 자랑스러운 문화재야. 약 1,300년이라는 역사의 숨결이 고스란히 담겨 있지. 정말 대단하지 않니?"

갑자기 들린 말소리에 옆을 보니 중년 남자가 다섯 살 정도 되어 보이는 꼬마에게 첨성대에 대해 설명해 주고 있었다. 누가 봐도 사이좋은 부자지간이었다.

하늘의 별자리를 보고 미래를 점치는 곳이었다는 첨성대는 우리 삶에 대해서는 아무것도 말해 주지 않았다. 내게는 과거의 영광에 휩싸인 낡은 문화재에 불과했다. 한 치 앞도 못 보는 세상에서 1,300년 전의 숨결이 다 뭐란 말인가?

돌아오는 차 안에서 그 부자의 모습이 계속 떠올라서 입맛이 쓰디썼다. 나는 집에 와서 오르골을 책상 구석에 던져 버리고는 잠이 들었다. 이런 쓸데없는 것보다는 최신 휴대폰이나 사 줬으면 좋겠다.

오늘은 새로 배정받은 중학교에 가는 날이었다. 아침이 영원히 오지 않기를 바랐다. 아니면 내가 어딘가로 멀리 도망치든지. 학교로 가는 길에 혼자만 교복이 달라서 다들 한 번씩 힐끗 쳐다보며 지나갔다. 그 눈길을 피하려다 보니 걸음이 자꾸 뒤처졌다. 학교에 가기 싫다는 생각이 스멀스멀 피어올랐다.

> 학교는 잘 갔어?

엄마의 톡을 받고 나서야 한숨을 내쉬며 학교로 들어갔다. 나는 지구 행성에 온 외계인처럼 학교 어디서든 눈에 띄었다. 나를 처다보는 애들의 호기심 어린 시선이 부담스러웠다. 벗어날 수 없이 깊고 어두운 늪에 빠진 기분이었다. 늪에서 갑자기 튀어나온 악어에게 잡아먹힐 것 같았다. 아무리 주위를 경계해도 소용없었다.

"쟤는 뭔 사고를 쳐서 이런 시기에 전학을 왔대?"

"저번에 동급생을 폭행해서 뉴스에 나왔던 애 아냐? 학교에서 강제 전학을 시켰다던데."

교실에서는 내가 하지도 않은 일이 진짜인 것처럼 퍼져 나갔다. 아니라고 말하고 싶었지만, 누구를 붙잡고 얘기해야 할지 알 수 없었다. 나한테 진짜냐고 묻는다면 아니라고 말해 줬을 텐데. 하지만 누구도 내게 다가오지 않았다.

나는 할 일 없이 다리만 덜덜 떨었다. 가만히 있으려고 해도 애들이 서로에게 하는 귓속말이 신경에 거슬렸다. 나 보고 들으라는 건지, 들리지 않는 척하라는 건지 헷갈렸다. 귀에 이어폰을 끼고 음악을 크게 틀었다. 시끄러운 음악으로 귀가 따가워도 마음은 편했다.

그렇게 학교에서 누구와도 얘기하지 않고 혼자 다녔다. 주위에 사람이 아무리 많아도 나는 드넓은 바다 위에 홀로 둥둥 떠 있는 것 같았다. 애들은 아무 말도 하지 않는 내가 이상한지 슬슬 피했다.

학교에 다니면서 부모님 얼굴을 보기가 힘들어졌다. 내 밥을 챙겨 주는 사람은 할머니뿐이었다. 할머니는 식탁에 앉을 때마다 허리를 두드리며 깊은 한숨을 내쉬었다. 그 한숨 소리에 밥맛이 뚝 떨어졌다.

"그만 먹을래요…."

밥을 다 먹지도 않고 자리에서 일어났다. 할머니는 더 먹으라며 내 손을 붙잡았다. 어쩔 수 없이 수저질을 몇 번 더 했다. 할머니는 옆에 앉아 그런 내 머리를 쓰다듬었다. 몇십 분 동안 거울을 보면서 애써 정리한 머리를 흐트러뜨리는 손길이 싫어 할머니를 피했다. 할머니는 그런 나를 계속 쳐다봤다. 휴대폰으로 게임을 해도 할머니의 시선이 느껴졌다. 내 방으로 숨어 봐도 피할 수 없었다.

집에 있으면 가슴이 답답해서 밖으로 나가 동네를 돌아다녔다. 아무것도 안 하고 그냥 걷기만 했다. 요즘엔 시끄러워 죽을 것 같았던 옛날의 내 방이 그리웠다. 이사를 오던 날, 그 방을 찍었던 동영상을 다시 볼 때가 많았다. 바깥에서 사람들이 두런거리는 말소리, 차가 지나다니는 소리, 거실에서 짐을 나르는 소리 등이 담겨 있었다. 동영상을 보다 보면 그 오래된 방에 다시 앉아 있는 것 같아서 마음이 편안해졌다. 돌이켜 보니 거기서 지낼 때가 그나마 행복한 시간이었다. 나는 계속 걷다가 지칠 때쯤 집으로 들어갔다.

멍멍멍.

집에 조용히 들어오려고 했지만 땡이가 짖어서 실패했다. 꼬리를 흔들며 반가워하는 모습에 안 좋은 마음이 사르르 녹았다. 이 집에도 날 반겨 주는 존재가 있구나 싶은 마음이었다.

"어디 갔다 오는 거야?"

어쩐 일로 아빠가 집에 있었다.

"이 늦은 시간까지 밖에서 뭘 하고 다니는 거냐고."

아빠는 잔소리하려고 시동을 거는 것 같았다. 그동안 내가 어떻게 지내는지 관심도 없다가 갑자기 왜 저러는지 궁금했다. 아빠가 무슨 말로 혼낼지 뻔해서 방으로 그냥 들어가려고 몸을 돌렸다.

"지금 내가 말하고 있잖아!"

아빠가 내 팔을 붙잡았다. 이렇게 아빠와 얼굴을 마주한 건 아주 오랜만이었다.

"학교는 왜 자꾸 빠지는 거야? 담임선생님이 전화했잖아."

나는 코웃음이 나왔다. 갑자기 나를 붙잡은 이유를 알 수 있었다. 그동안 아무 말도 없더니, 담임선생님의 전화에는 꼼짝 못하는 모양이었다.

"상관하지 마. 언제부터 나한테 관심이 있었다고 그래?"

뱃속에서부터 무언가가 울컥 치밀어 소리쳤다.

"내가 너 키우려고 얼마나 애쓰는데…."

아빠가 더는 뭐라 하지 못하고 입술만 달싹거렸다. 그 모습이 우스워 보였다.

"우리 집이 망하고 여기까지 내려오게 된 건 다 아빠 때문이잖아. 아빠만 아니었으면 우리는 더 잘살 수 있었어."

아빠가 팔을 휘둘렀다. '짝!' 소리가 크게 울렸다. 그 순간 눈앞에 별이 번쩍였다. 눈 깜짝할 새에 일어난 일이었다. 나는 한동안 충격에서 벗어나지 못했다. 아빠에게 맞은 건 처음이었다.

"당신, 대체 왜 그래?"

엄마가 비명을 지르며 내 앞을 가로막고 아빠의 팔을 잡았다.

"아, 씨…."

뺨을 맞은 아픔보다는 모든 걸 다 집어치우고 끝내고 싶은 마음이 앞섰다. 더 심한 욕을 내뱉으려다 꾹 참았다. 하지만 뭐든 부수고 싶은 마음을 멈출 수 없었다. 나는 식탁 의자를 발로 차 버렸다. 의자가 바닥에 나뒹굴면서 큰 소리를 냈다. 집 안에는 숨소리 하나 들리지 않을 만큼 정적이 흘렀다.

"이, 이 녀석이…."

아빠는 주먹 쥔 손을 부르르 떨 뿐 다시 위로 들어 올리지 못했다. 그런 아빠를 노려보면서 이제 나한테 뭐라고 할 수 없을 거라는 생각이 들었다. 나를 맘대로 휘두를 수 없을 것이다. 나는 의기양양하게 현관문을 열고 밖으로 나갔다. 뒤에서 문이 쾅 소리를 내며 닫혔다.

멍멍. 멍멍멍.

땡이가 우렁차게 짖었다. 집으로 돌아오라고 하는 것 같았다. 그래도 나는 뒤돌아보지 않았다.

우리 집은 지뢰밭이었다. 엄마와 아빠는 하루가 멀다 하고 싸웠다. 처음에는 이혼이라도 할까 봐, 큰일이 터질 것 같은 불안감에 안절부절못했다. 하지만 그것도 몇 번 반복되다 보니 매일이 똑같은 일상이 되고 이내 지겨워졌다. 서로를 탓하는 부모님의 목소리, 옆에서 말리는 할머니의 목소리…. 모든 게 듣기 싫었다. 부모님을 말릴 수 없다면 그들이 있는 공간에서 나를 지워 버리면 될 일이었다.

언제부터인가 집에 들어가면 세상의 모든 어둠이 모이는 것 같았다. 집은 매일 조금씩 어두워졌다. 내 느낌일 뿐일까? 요즘 들어 할머니는 아프다고 안방에 이불을 깔고 누워 있었다. 부모님은 병원에 가 보자고 했지만, 할머니는 늙으면 다 이렇다며 고개를 내저었다. 날이 저물어 깜깜해져도 집 안에 불은 잘 켜지지 않았다. 할머니는 일찍 잠자리에 들었고, 아빠는 밤에 집을 비우는 일이 많았다. 엄마는 밤늦게 마트 일을 끝내고 오면 쓰러지듯 바로 자 버렸다. 내가 집에 잘 들어왔는지 관심을 보이는 사람은 아무도 없었다.

응답을 기다리는 밤

 여름방학이 끝난 뒤에도 학교에는 잘 가지 않았다. 그저 해가 짧아지는 밤거리를 헤매고 다녔다. 거리를 쏘다닐 때는 잘 지치지 않았다. 그렇게 매일 이곳저곳을 기웃거리며 돌아다니는 게 일과였다. 나는 가로수와 상점을 무심하게 지나쳤다. 누렇게 물들어 가는 은행잎이 눈에 들어오지도 않았다.

 오늘도 목적지 없이 길거리를 어슬렁거리고 있을 때 전화벨이 울렸다. 시간을 확인할 때만 휴대폰을 써 왔던 터라 갑작스러운 소리에 놀라고 말았다. 액정에 뜬 '아빠'라는 글자가 너무나 낯설었다. 머뭇거리는 사이에 전화가 끊겼다. 내버려두자고 생각하는데 전화벨이 다시 울렸다. 고민하다 어쩔 수 없이 전화를 받았다.

 "왜?"

짜증 나는 마음에 쏘아붙이는 말이 톡 나왔다. 이번에도 듣기 싫은 잔소리를 하려는 걸까? 한여름은 지났다고 하지만 낮에는 여전히 더웠다. 나는 무더운 날씨 속에서 작은 불씨만으로도 터져 버릴 시한폭탄이었다. 아빠와는 말 한마디만 나눠도 싸울 것 같아서 그동안 무시해 왔다. 경주로 내려와서 아빠와 한 번도 통화한 적이 없었다.

"바빠? 지금 좀 볼래?"

"갑자기 전화해서 뭔 소리야? 안 봐."

더 길게 통화하기 싫어서 전화를 바로 끊어 버렸다. 아빠의 목소리에 힘이 없는 것 같았지만 상관하고 싶지 않았다. 최근 들어 아빠는 집에 있으면 방에 틀어박혀 잠만 잤다. 방에서는 늘 술과 담배 냄새가 진동해 눈썹이 절로 찌푸려졌다. 아빠에게 보여 주고 싶었다. 내 인생에 당신 따위는 없어도 괜찮다고.

전화를 끊고 다시 길거리를 쏘다녔다. 나도 모르게 발걸음이 빨라졌다. 마음속에서 회오리치는 감정을 어떻게 다스려야 할지 알 수 없었다. 한참을 걸어 다니고 나서야 마음이 겨우 진정되었다.

또다시 전화벨이 울렸다. 이번에도 발신인은 아빠였다. 안 들어도 뻔했다. 버릇없다며 집에 빨리 들어오라는 거겠지. 평소에는 나한테 관심도 없으면서 자꾸 연락하는 아빠가 이상했다. 하지만 더는 아무것도 생각하기 싫었다. 모든 게 귀찮다는 생각에 무시해 버렸다. 그런데 시간이 지날수록 마음 한구석에 얹힌 돌덩이가 점점 커지는 것 같았다. 뭔가 중요한 걸 잊어버린 듯이 꺼림칙한 느낌에 짜증이 나고 불안해졌다. 이게 모두 아빠 때문이었다. 볼일이 있으면 바로 말하면 되는데, 왜 따로 보자는 건지 이해가 되지 않았다. 아빠와 엮이면 내 인생이 엉망진창이 되는 것 같았다.

온종일 밖을 쏘다녔더니 어느새 세상이 어두워졌다. 너무 걸어 다녀서 배가 고팠다. 집으로 돌아가기 위해 텅 빈 정류장으로 향했다. 주변은 모두 깜깜하고 내가 서 있는 정류장만 불빛이 환했다. 캄캄한 바다 위에 혼자 떠 있는 것 같았다.

그때였다. 갑자기 발밑의 땅이 위아래로 출렁거리는 듯한 느낌이 들었다. 세상이 숨을 죽인 듯했다. 그 순간, 땅이 요동쳤다. 내 몸도 흔들리는 것 같았다. 어디선가 유리 깨지는 소리가 들렸다. 사람들이 비명을 지르며 어딘가로 달려갔다. 몰려가는 사람들은 갈 곳을 알고 있는 것 같았다.

나는 어디로 가야 하는지 알 수 없어서 정류장에 우두커니 서 있었다. 주변의 소리가 멀어지며 귓속이 윙 울렸다. 잠시 후 주변이 잠잠해지자 사람들이 거리로 나와 무슨 일인지 알아보려고 돌아다녔다.

"지진이다!"

누군가의 외침이 들렸다. 멀리서 사이렌 소리가 점점 커졌다가 작아졌다. 누가 내 머릿속을 두드리는 것처럼 귀에서 이명이 울리기 시작했다. 떨리는 손으로 귀를 막았다. 그렇다고 신경을 자극하는 소리를 막을 수는 없었다. 경주로 이사를 오면서 왱왱거리는 사이렌을 더는 들을 일이 없을 거라고 생각했다. 사이렌이 나를 끈덕지게 따라다니는 것처럼 느껴졌다.

"학생, 무슨 일이야? 다쳤어? 괜찮은 거야?"

혼자 쭈그려 앉아 있는 내 어깨를 누군가가 잡았다. 고개를 드니 정류장 불빛이 한 남자의 얼굴을 비췄다. 낯설지만 왠지 알고 있는 얼굴 같았다. 눈가의 주름살과 오돌토돌 돋아난 수염, 듬성한 머리카락이 누군가와 많이 닮아 있었다. 요새 잘 보지 못했던 아빠였다. 남자는 걱정스러운 얼굴로 나를 내려다봤다.

"됐어요. 그냥 가세요."

나는 아빠를 떠올린 게 민망해 남자가 잡은 손을 뿌리쳤다.

"학생도 오늘은 집에 빨리 가 봐. 밖에 돌아다니지 말고."

그 남자에게 무슨 상관이냐고 소리치고 싶었다. 하지만 그는 벌써 등을 돌려 반대 방향으로 걸어갔다. 나는 숨을 몰아쉬며 정신을 차리려고 애썼다. 그때 띠띠- 하는 알림음과 함께 휴대폰이 울렸다.

> [기상청] 9월 12일 19:44 경북 경주시 남남서쪽 8.2km 지역 규모 5.1 지진 발생/ 낙하물로부터 몸 보호, 진동 멈춘 후 야외 대피하며 여진 주의

재난 문자였다. 나는 두근거리는 가슴을 안고 서둘러 집으로 전화를 걸었다. 휴대폰이 먹통이 되었는지 좀처럼 전화 연결이 되지 않았다. 버튼을 누르는 손이 떨려서 자꾸만 다른 걸 눌렀다. 그럴수록 심장의 두근거림이 커졌다. 맥박이 온몸을 둘러싸고 불규칙적으로 쿵쿵 뛰었다. 세상은 그대로 멈춰 버린 듯 한동안 아무 움직임도 보이지 않았다. 어디로 가야 할지, 무엇을 해야 할지 어지러웠다.

> [기상청] 9월 12일 20:32 경북 경주시 남남서쪽 8.7km 지역 규모 5.8 본지진 발생/ 낙하물로부터 몸 보호, 진동 멈춘 후 야외 대피하며 여진 주의

시간이 한참 지난 후에 두 번째 재난 문자를 받았다. 겨우 발신이 되었지만 집에서는 전화를 받지 않았다. 서둘러 집에 가 봐야 했다. 1분이 1시간인 것처럼 애타게 기다린 끝에 버스를 탈 수 있었다.

집에 도착한 나는 다들 괜찮은지 확인했다. 아빠만 집에 없었다. 전화를 계속해 봤지만, 밤늦도록 연락이 되지 않았다. 이번에는 아빠가 나의 연락을 거부하고 있는 걸까? 아빠도 나에게 전화를 하면서 이런 마음이었을까? 전화를 걸며 생각해 봤지만 알 수 없었다.

TV에서는 오늘 있었던 지진에 대한 뉴스 속보를 계속 내보냈다. 우리는 거실에서 마음을 졸이며 아빠의 연락을 기다렸다. 할머니는 소파 끝에 앉아 연신 한숨을 내쉬었고, 엄마는 TV 앞에서 아빠에게 전화를 걸었다. 나는 귀에 들어오지 않는 뉴스를 쳐다보면서 불안한 마음을 다잡으려 애썼다. 평소였다면 아빠를 이렇게 걱정하지 않았을 것이다. 술에 잔뜩 취해 아침에 들어올 때도 많았으니 이 정도는 아무 일도 아니었다.

할머니는 어젯밤에 꾼 꿈이 이상했다며 발을 동동거리며 아빠를 찾았다.

"재우야, 아빠 연락 없었어?"

평소보다 일을 빨리 끝내고 돌아온 엄마도 아빠의 안부부터 물었다.

"얼마 전부터 힘이 없더니…."

할머니와 엄마의 불안이 내게 고스란히 전해졌다. 오늘따라 평소와 다르게 전화를 몇 번이나 했던 아빠였다.

"아까 오후에 아빠 전화가 오기는 했는데."

"그래서? 무슨 얘기 했어?"

엄마가 내게 간절한 눈빛을 보냈다.

"아니. 다른 볼일 있어서 통화 못 했어…."

"넌 대체 뭐 하고 다니는 거야? 요새 아빠가 얼마나 힘들어했는지 알아? 너는 맨날 대들기만 하고."

엄마는 소파를 손바닥으로 팡팡 치며 소리쳤다. 낡은 소파에서 먼지가 풀풀 날렸다.

아빠한테 버릇없이 굴어도 엄마는 늘 나를 안아 주고 어깨를 두드려 주며 괜찮다고 했다. 그런 엄마가 눈이 시뻘게져서 큰 소리로 나를 혼냈다. 나는 고개를 숙이고 가만히 듣고만 있었다. 아빠에게 한 것처럼 엄마에게는 짜증을 내며 맞받아칠 수 없었다. 한바탕 쏟아진 엄마의 잔소리가 끝나고 공기가 무겁게 가라앉았다. 아빠가 빨리 돌아와 이 숨 막힐 듯한 분위기를 바꿔 주길 바랐다.

띠링!

그때 정적을 깨는 알림음이 울렸다. 엄마와 할머니가 동시에 소리가 난 쪽을 돌아봤다. 내 휴대폰이었다. 이 시간에 누구인지 모르겠지만 소리를 진동으로 바꿔 놓지 못한 것을 후회하며 서둘러 휴대폰을 확인했다.

"아빠?"

내 말에 엄마와 할머니가 다급하게 다가왔다. 아빠의 음성 메시지가 와 있었다.

―*미안하다. 모두 내가 부족한 탓이야…. 재우야, 할머니랑 엄마를 잘 부탁한다.*

"아이고, 아범아. 이걸 어쩌냐. 아이고….."

아빠의 목소리가 흘러나오기 전부터 눈물을 흘리던 할머니는 재생이 끝나자 정신을 잃고 쓰러졌다.

"할머니!"

우리는 서둘러 119에 전화했다. 얼마 지나지 않아 점점 커지는 사이렌 소리와 함께 구급차가 왔다. 또 머릿속에서 빨간 경고등이 불을 밝혔다. 소름이 돋았다.

"재우야, 정신 차려!"

엄마가 내 어깨를 붙잡고 흔들었다. 옆에서 구급대원이 할머니의 상태를 살피면서 구급차로 옮기고 있었다. 엄마가 밖으로 향하며 내게 손짓했다. 그제야 정신을 차리고 엄마를 따라 나갔다. 땡이가 사납게 짖는 소리를 뒤로하고서.

우리는 병원 응급실로 향했다. 할머니는 충격을 받은 것뿐이라 다행히 금방 의식이 돌아왔다. 하지만 안정이 조금 더 필요한 상황이었다. 할머니의 입원을 위해 우리는 응급실에서 기다려야 했다. 할머니가 괜찮아지니 아빠가 다시금 걱정되었다.

"할머니 좀 잠깐 보고 있어. 경찰서에 신고하고 올 테니까."

엄마는 창백해진 얼굴로 응급실을 나갔다. 나도 엄마를 따라가고 싶었지만 할머니를 두고 갈 수는 없었다. 유언 같은 말을 남기고 사라진 아빠가 미웠지만 무사히만 돌아온다면 모두 용서할 수 있을 것 같았다.

엄마에게 연락이 오길 기다리면서 다리를 떨었다. 시간이 지날수록 마음이 불안해졌다. 머릿속에 떠오르는 온갖 나쁜 상상들을 감당하기 힘들 정도였다. 아무 생각도 하기 싫어 숨을 내쉬며 휴대폰을 만지작거렸다. 휴대폰 게임이라도 하면서 모든 걸 잊고 싶었다. 평소에는 게임을 하다 보면 나도 모르게 시간이 훌쩍 지나가 있었다. 그런데 지금은 아무리 게임을 해도 시간이 멈춰 버린 듯 제자리걸음이었다.

"야! 나 무시해?"

갑자기 큰 소리가 들렸다. 얼굴이 벌겋게 달아오른 남자가 의료진에게 고함을 지르고 있었다. 가까이 가지 않아도 술 취한 사람이란 걸 알 수 있었다. 우리 집에도 술만 마시면 목소리가 커지는 사람이 있어서 낯설지 않았다. 고함을 지르던 남자는 의료진이 달래는 말들에 흥분을 조금씩 가라앉혔다. 주변에 있던 환자와 보호자 들이 안도의 한숨을 내쉬었다. 할머니가 깰까 싶어 눈치를 보던 나도 그제야 숨을 돌렸다. 병원 침대에 누워 얌전히 주사를 맞고 있는 남자가 기억 속 아빠와 겹쳐졌다.

아빠는 치킨 가게를 할 때보다 경주에 내려와서 술을 더 많이 마셨다.

"아빠는 대체 왜 그래?"

나는 엄마에게 불만을 토로했다. 서울에서 장사가 잘 안될 때도 술을 이토록 심하게 마시지는 않았다. 고향인 경주까지 와서 왜 이러는지 알 수 없었다. 서울과 다르게 여기에는 동창이 많기 때문인지도 몰랐다.

경주에 내려온 지 얼마 되지 않아서 아빠의 친구들을 보게 되었다. 아저씨들을 기억하는 이유는 만날 때마다 용돈을 받았기 때문이다. 겉으로 드러내지는 않았지만 아저씨들을 만나는 날을 은근히 기다리게 되었다. 몇 달 전부터 부모님에게 용돈을 받기가 힘들어졌다. 형편이 어렵다는 걸 알기에 용돈을 달라고 하기가 미안했고 실제로 그럴 여유도 없었다. 그래서 처음에는 용돈을 주는 아저씨들이 좋았다. 하지만 아빠의 술주정이 심해지니 그것도 점점 싫어졌다.

어쩌면 오늘 아빠가 사라진 것은 그동안 계속 술을 마셨던 이유와 연관이 있는지도 몰랐다. 오랜만에 아빠와 얘기를 하고 싶었다. 이제야 아빠의 전화를 무시한 게 후회되었다.

할머니 곁을 묵묵히 지키고 싶었지만, 시간이 갈수록 숨이 막히고 갈증이 났다. 할머니와 내가 있는 공간만 물속에 잠긴 듯 고요했다. 다른 사람들은 진찰을 받거나 수속을 밟고 응급실을 나갔다. 누구한테든 연락이 오길 바랐지만 휴대폰은 잠잠하기만 했다. 응급실 밖으로 나가 전화를 걸었지만 아빠의 휴대폰은 여전히 꺼져 있었다. 나는 엄마에게 전화를 걸었다.

"재우야, 할머니는 어떠셔?"

"괜찮아. 지금 주무시고 계셔. 아침에는 병실로 올라갈 거래.

아빠는?"

"그래. 네가 있어 줘서 다행이다. 신고는 했는데, 아직 아무 소식도 없어."

엄마는 깊은 한숨을 내쉬었다. 엄마의 떨리는 목소리 뒤로 키보드를 두드리는 소리와 사람들이 웅성거리는 소리가 뒤섞여 들려왔다. 사람들 사이에서 맘을 졸이고 있을 엄마의 모습이 그려졌다. 전화를 끊자 휴대폰 화면이 꺼졌다. 한쪽 모퉁이가 깨진 액정이 꼭 우리 집 같았다.

병원 복도에서 아빠가 남긴 음성 메시지를 다시 들었다. 이게 아빠의 마지막 목소리일 리 없었다. 눈앞이 캄캄해져서 아빠의 목소리가 귀에 잘 들어오지 않았다. 소리에 예민하다고 생각했지만, 이럴 때는 아무 도움이 되지 않았다. 할머니의 악몽이 점점 더 현실이 되어 가는 것 같았다. 무슨 꿈이었는지 물어보는 것조차 겁이 났다. 그저 개꿈이라며 웃어넘길 수 있다면….

나는 밤새 할머니 곁을 지키는 동안, 눈을 감고 음성 메시지에 온 신경을 집중했다. 아빠의 목소리 뒤로 나무가 바람에 흔들리는 소리가 들렸다. 잡음 속에서 아빠는 멈칫거리면서 침을 삼켰다. 한숨을 내쉬기도 했고 신호가 끊겼나 싶게 오랫동안 말을 안 하기도 했다.

처음에는 몰랐지만 아빠의 음성 메시지는 많은 것을 전하고 있었다. 울먹거리는 게 느껴졌고 목소리에는 많은 감정이 담겨 있었다. 그동안 아빠의 목소리가 이렇게 떨리고 있었다는 걸 왜 몰랐을까? 괜히 가슴이 먹먹해져서 창밖으로 시선을 돌렸다. 날이 조금씩 밝아 오고 있었다.

할머니가 6인실로 올라가 아침을 먹을 때 나는 드디어 아빠 소식을 듣게 되었다. 하지만 할머니에게는 그 사실을 숨겨야 했다.

경찰은 휴대폰 위치 추적과 CCTV 영상으로 행적을 조사한 끝에 결국 아빠를 찾아낼 수 있었다. 주차장에 세워진 차 안에서 발견된 아빠는 응급실로 급하게 실려 왔다. 엄마는 아빠에게 정확히 무슨 일이 있었는지 내게 숨기려고 애썼다. 하지만 엄마가 아무리 감추려고 해도 나는 알 수 있었다.

그날 뉴스에는 한 남자가 공영 주차장에 차를 세워 놓고 자살 시도를 했다가 발견되었다는 소식이 몇 초간 자막으로 스치듯 지나갔다.

흔들리는 우주에서

 지진이 일어난 다음 날, 혼수상태에 빠진 아빠는 산소 호흡기를 꽂은 채 중환자실에 누워 있었다. 아빠에게 연결된 여러 장치와 의료진의 굳은 표정에서 심각한 상황이라는 걸 알 수 있었다. 아빠의 얼굴은 몸에 있는 피가 다 빠져나간 듯 너무나 창백했다. 조금 벌어진 입가에는 하얀 거품이 말라붙어 있었다.

 아빠가 깨어난다면 뭐든지 할 수 있을 것 같았다. 종교는 없지만 세상의 모든 신은 물론, 악마에게라도 매달리고 싶었다. 짧은 면회 시간에 아빠를 만나고 오면 가슴에 뚫린 구멍이 조금씩 더 넓어졌다. 그 구멍으로 세찬 바람이 지나갈 때면 쓰라린 통증에 가슴을 움켜잡았다.

 "괜찮아. 네 아빠는 이겨 낼 거야. 그러니까 너도 꿋꿋하게 버텨. 알겠지?"

아무것도 없는 허공을 바라보며 엄마가 말했다. 스스로 다짐하는 말 같았다. 엄마는 병원을 나오면서 내 손을 있는 힘껏 잡았다. 며칠 사이에 부쩍 늘어난 엄마의 흰머리와 푸석한 피부가 눈에 들어왔다. 엄마의 무게가 고스란히 전해졌다. 엄마는 이제 혼자서 가족을 책임져야만 했다. 할머니는 병원에서 요양 중이었고, 힘들게 찾아낸 아빠는 아직 깨어나지 못하고 있었다.

"난 그만 가 봐야겠다. 피난소에 혼자 있어도 밥 잘 챙겨 먹고 있어."

엄마는 걱정이 가득 담긴 눈빛을 보내며 일터인 마트로 향했다. 마트에서 계산원으로 매일 서서 일하느라 다리에 심한 통증을 느꼈던 엄마는 다른 일을 찾아보려던 중이었다. 그런데 지진이 일어난 뒤로는 다리 통증이 싹 다 나았다고 말했다. 엄마는 자면서 끙끙 앓는 소리를 냈지만 내가 걱정할까 봐 애써 웃음을 지어 보였다. 엄마에게 도움이 되고 싶었지만 할 수 있는 일이 없었다.

피난소로 정해진 생활 체육관으로 향했다. 체육관에는 간격에 맞춰 텐트가 설치되어 있었다. 여진이 잠잠해지고 집이 안전한지 검사가 끝날 때까지 임시로 지내기 위해 마련된 곳이었다. 땡이는 이곳에 데리고 올 수 없었다. 재난을 피하기 위한 피난소였지만, 동물들에게는 해당하지 않았다. 어쩔 수 없이 할머니의 집에 줄로 묶어 놓고, 오며 가며 먹이를 챙겨 주고 있었다.

할머니의 집은 담벼락이 군데군데 무너지고 기와가 몇 개 떨어져 나갔다. 벽에 금이 가서 위험하다고 했지만, 나는 할머니의 집으로 돌아가고 싶었다. 처음에는 그렇게 싫었는데 지금은 그 집이 유일한 희망처럼 느껴졌다. 집은 지진에 쓰러지지 않고 그 자리를 지키고 있었다. 아빠도 할머니 집처럼 흔들리더라도 버텨 주었으면 싶었다.

TV에서는 연일 한반도 지진에 대한 뉴스가 흘러나왔다. 경주시에서 발생한 규모 5.8의 지진은 1978년 기상청이 계기 관측을 시작한 이래로 한반도에서 발생한 가장 큰 지진이라 했다. 규모 6의 지진은 발생 지역의 사람들이 대부분 강한 진동을 느낄 수 있다. 건물이 심하게 흔들리며 무거운 가구가 움직일 정도이다. 이때 지진의 진동은 우리나라뿐만 아니라 일본, 중국 등에서도 감지될 정도로 강력했고, 지진 발생 직후에는 전화 통화와 문자, 인터넷조차 할 수 없었다.

나는 그날 이후로 가만히 서 있어도 몸이 계속 움직이는 것 같아서 어지러웠다. 작은 진동이 나를 갉아먹을 것처럼 피부 위를 기어다니는 듯해서 온몸이 근질거렸다. 귀도 예민해져서 작은 소리가 평소보다 더 크게 들렸다. 끝이 안 보일 정도로 높은 건물 꼭대기에서 아래를 내려다보는 것처럼 아찔한 느낌에 속이 울렁거리기도 했다. 가끔은 놀이기구를 타듯이 세상이 빙빙 도는 어지러움에 몸을 가눌 수 없어 주저앉아야 했다.

여진은 아직도 계속되고 있었다. 여진이 일어날 때마다 나는 아주 작지만 툭툭거리는 소리를 들었다. 뭔가가 투두둑 끊어지는 소리였다. 등골이 오싹해졌지만 피할 곳이 없었다. 휴대폰 진동이 느껴질 때마다 내 안의 무언가가 잡혀 흔들리는 것 같았다. 진동이 끝나면 세상은 갑자기 고요해졌다.

계속 일어나는 여진은 세상의 모든 소리를 깊은 어둠 속으로 가라앉게 했다. 나는 그 속에서 중심을 잡으려고 팔을 허우적거렸다. 그래도 바닷속 깊이 빠져드는 기분이었다. 허우적거릴수록 몸은 더 무거워졌다. 그대로 멈추면 누구도 찾을 수 없는 저 깊은 심연에 천천히 내려앉았다.

병원에 온 첫날, 아빠는 응급실에서 중환자실로 옮겨져 다양한 치료를 받았다. 중환자실이라 면회 시간이 짧았다. 엄마는 일하러 가야 해서 내가 대신 면회를 하게 되었다. 아빠의 입에는 산소마스크가 씌워져 있었고, 몸에 연결된 여러 장치들은 삐빅거리는 소리를 냈다. 아빠를 보면서 제발 이곳으로 돌아오라고 속삭였다. 아빠는 여전히 눈을 감고 미동도 하지 않았다.

아빠의 흰머리가 햇빛에 반짝거렸다. 경주로 이사 올 때만 해도 아빠의 머리는 여전히 검고 풍성했다. 친구 아저씨들에게 아빠의 머리는 부러움의 대상이었다. 군데군데 새치가 많은 엄마 옆에 있으면 아빠의 검은 머리가 더욱 돋보였다. 그런 아빠의 머리가 어느새 희끗희끗해져 있었다. 언제부터 아빠에게 흰머리가 늘어나고 있었는지 모르겠다. 방에서 코를 골며 자고 있던 아빠의 모습을 떠올려 봤지만 이렇게 흰머리가 많은 건 처음 알았다.

아빠의 손을 잡으려다가 결국 시간을 넘기고 중환자실을 나오고 말았다. 면회 시간이 짧은데도 자꾸 멈칫거리게 되었다. 아빠가 약해진 모습이 현실 같지 않았다. 엄마의 말처럼 아빠가 어떻게든 이겨 내고 우리에게 다시 돌아올 거라 믿었다.

하지만 내 가슴에 생긴 구멍은 조금씩 넓어지고 있었다. 그 구멍을 메울 방법은 세상에 없는 것 같았다. 바람이 불 때마다 뼈가 저릴 듯한 추위가 온몸을 덮쳤다. 지푸라기라도 잡고 싶은 심정이었다. 무엇이든 해야겠다는 생각에 아무도 없는 병원 계단을 몇 번이나 올라갔다가 내려갔다.

둘째 날, 아빠의 혈색이 어제보다 좋아 보였다. 어제는 피부가 너무 창백해서 몸에 피가 한 방울도 남지 않은 것 같았다. 나는 안도의 한숨을 깊이 내쉬었다. 그리고 아빠가 곧 깨어날지 모른다는 기대에 부풀었다. 아빠가 의식을 되찾으면 어떻게 사과할까 고민해 보았다.

"계속 여기서 같이 있어 줘…."

나는 아빠에게 속삭이며 어제는 잡지 못했던 손을 꼭 잡았다. 아빠의 손은 손마디가 크고 투박하며 거칠었다. 어릴 때 말고는 아빠의 손을 잡은 기억이 없었다. 기억 속에서 아빠의 손은 말랑말랑하고 부드러웠던 것 같다. 오래전 일이라 내 기억이 맞는지, 아니면 아름다운 추억으로 왜곡되었는지 알 수 없었다.

"아빠는 어땠어?"

휴대폰 너머 엄마는 조심스레 물었다. 엄마도 아빠를 보고 싶어 했지만 중환자실의 면회 시간을 맞추기가 힘들었다.

"엄청나게 좋아졌어. 곧 깨어날 것 같아."

나는 부러 밝은 목소리로 말해야 했다. 엄마가 조금이라도 빨리 안심하고 가슴을 쓸어내릴 수 있도록. 내가 할 수 있는 일은 겨우 그 정도였다. 한편으로 내가 희망 고문을 하고 있는 것은 아닐까 두려웠다. 괜히 기대감만 높였다가 엄마에게 더 큰 실망과 슬픔을 안겨 주게 되지는 않을까? 내가 잘하고 있는 것인지 답을 알 수 없었다.

셋째 날, 아빠를 살펴보는 의사의 표정이 좋지 않았다. 나는 고개를 갸웃거리며 차트를 살펴보는 의사의 얼굴을 불안한 마음으로 관찰했다.

"마음의 준비를 하시는 게 좋겠습니다."

의사의 말에 엄마는 다리에 힘이 풀려 그만 그 자리에 주저앉았다. 나는 엄마를 품에 안고 꽉 붙잡았다. 엄마는 슬픔을 꾹꾹 눌러 담듯이 조용히 울었다. 끅끅거리는 소리가 마음을 더 아프게 만들었다.

의사에게 묻고 싶었다. 대체 뭘 준비하라는 것인지, 마음을 어떻게 준비하면 되는 것인지…. 하지만 의사는 어두운 표정으로 인사를 하고 다른 환자에게 향했다. 의사에게는 우리 아빠 말고도 진료해야 할 환자가 많았다. 그 환자들은 우리 아빠와 다르게 살 수 있을까? 우리 아빠도 살려 달라고 의사에게 매달리고 싶었다. 하지만 정신을 잃을 듯 힘이 빠진 엄마를 내버려둘 수 없었다.

엄마는 겨우 몸을 추스르고는 내게 아빠를 맡기고 일을 하러 갔다. 나는 아빠가 있는 중환자실 주변을 서성였다. 문득 바람이라도 쐬면 불안감을 덜어 낼 수 있을지도 모른다는 생각에 밖으로 나갔다. 병원 뒤쪽으로는 나무와 풀이 우거져 꽤 큰 공원을 이루고 있었다. 환자나 보호자가 편안히 산책할 수 있게 중간에 벤치도 놓여 있었다.

공원을 산책하며 나무 냄새를 맡았더니 심란한 마음이 조금씩 진정되는 것 같았다. 숨을 깊게 들이켜며 걷다가 한적한 곳에 있는 벤치에 앉았다. 올려다본 하늘은 너무나 푸르러 눈이 부셨다. 이렇게 좋은 날에 중환자실에 누워 있는 아빠를 생각하면 마음이 하염없이 답답하고 슬퍼졌다. 계속 땅을 파고 들어가는 울적한 기분을 달랠 길이 없었다.

그때 어디선가 기타 반주에 맞춘 노랫소리가 희미하게 들려

왔다. 마법에라도 걸린 듯 자리에서 일어나 그 소리를 따라 발걸음을 옮겼다. 점점 커지는 노랫소리에 누가 부르는 건지 궁금해졌다. 하지만 길은 수풀로 막혀 있었다. 소리는 들리지만 울창한 나무에 가려져 그 너머가 보이지 않았다.

아쉬운 마음을 달래며 그곳에 서서 노래를 들었다. 티 없이 맑고 깨끗한 목소리에 마음이 끌렸다. 담담하고 나직한 노랫소리가 내 마음을 위로해 주는 것 같았다. 노래가 끝나자 사람들이 박수를 치는 소리가 들렸다. 병원 가까이에 호수 공원이 있다더니 거기서 버스킹이라도 하는 모양이었다. 더 있고 싶었지만 갑자기 휴대폰이 울렸다. 순간 심장이 쿵 떨어지는 줄 알았다.

> [기상청] 여진 발생 주의/ 낙하물로부터 몸 보호, 진동 멈춘 후 야외 대피

여진이 발생했다는 재난 문자였다. 나는 어떤 예감에 사로잡힌 듯이 아빠가 있는 중환자실로 달려갔다.

'제발! 제발!'

마음속으로 수없이 외치며 있는 힘을 다해 뛰었다.

의식을 찾지 못한 아빠는 결국 사흘 만에 숨을 거두고 말았다. 나는 뭔가가 우두둑거리며 끊어지는 듯한 소리를 들었다. 내

세계를 떠받치고 있던 우주가 무너져 내렸다. 우주는 영원하다고 했는데. 어쩌면 이렇게 쉽게 흔들릴 수 있을까? 그 흔들림 속에서 간당간당하게 붙어 있던 땅이 부러져 두 동강 났다. 완전한 단절이었다. 그 땅을 다시 이어 붙일 수는 없었다. 그나마 아빠의 마지막만은 지켜볼 수 있었다. 뒤늦게 달려온 엄마가 내 손을 잡고 몇 번이나 다행이라고 말했다. 엄마의 손이 너무나 축축해서 이러다 녹아내리진 않을까 걱정되었다.

엄마는 아빠에게 다가가 손을 붙잡고 얼굴을 묻었다. 나는 그런 엄마를 품에 안았다. 엄마의 어깨가 자꾸만 떨려서 온 힘을 다해 붙잡아야 했다. 이렇게 빨리 아빠와 이별하게 될 줄은 몰랐다. 나는 현실 같지 않은 상황에 머리가 멍했다. 하지만 어떡해서든 나보다 더 충격받았을 엄마를 먼저 챙겨야 했다. 엄마에게 힘이 되어 주고 싶었다.

몇 시간을 그렇게 있었는지 알 수 없었다. 엄마가 창백해진 얼굴로 몸을 일으켰다. 그새 입술이 빨갛게 부르트고 눈이 퀭해진 엄마를 보기가 안쓰러웠다. 아빠와 죽을 둥 살 둥 싸우던 독기 서린 눈빛은 어디로 가 버렸는지 엄마는 당장 쓰러질 것 같은 몸으로 장례식을 준비했다.

내 짧은 삶에서 처음으로 맞게 된 이별이었다. 아빠가 떠나다니 믿을 수 없었다. 어떻게 우리를 두고 갈 수 있지? 이게 꿈은 아닐까? 마지막까지 아빠가 죽을 리 없다고 생각했다. 아빠는 언제나 우리 곁에, 이 자리에 있어야 했다. 아빠는 아주 오래오래 살 줄 알았다. 아니, 죽는다는 상상을 해 본 적이 없었다. 내 인생에서 '아빠'라는 존재가 이렇게 빨리 사라지게 되다니. 지금 당장 깨어나고 싶은 악몽이었다. 나는 막연하게 할머니가 가장 먼저 돌아가실 거라고 생각해 왔다. 나이를 생각하면 그것이 자연스러운 흐름이었다. 하지만 지금 이 순간, 나의 우주를 이루던 흐름은 깨져 버렸다. 시계가 거꾸로 돌아가고, 물이 위로 흘러가고, 땅과 하늘이 뒤바뀐 듯한 일이 벌어졌다.

아빠를 영안실로 옮기고 나자 병상이 텅 비어 버렸다.

"진짜 어떻게 이럴 수 있어요."

나는 허전하게 남아 있는 침대를 보며 낮게 읊조렸다. 감정이 북받쳐 울컥 목이 멨다. 세상이 어지러워 눈을 감았다 떴다. 눈을 아무리 끔벅거려 봐도 세상은 깜깜하기만 했다. 갑자기 병실 바닥이 쩍 갈라지면서 까만 어둠이 눈앞에 솟구쳤다. 어둠이 나를 집어삼키고 갈라진 틈으로 끌어당겼다. 끝이 없는 바닥으로 떨어지면서 무엇에라도 매달리기 위해 허우적거렸다. 하지만 손에 잡히는 것은 아무것도 없었다.

"제발 나 좀 살려 줘…."

입을 벌렸지만 소리가 되어 나오지 않았다. 비명을 질러 봐도 내 소리는 깜깜한 어둠 속에 묻혀 버렸다.

"재, 재우야, 괜찮아? 정신 좀 차려 봐!"

누군가 내 몸을 잡고 흔들었다. 그 순간 어둠 속에서 한쪽 공간이 찢어지며 눈부실 정도로 강한 빛이 쏟아져 들어왔다. 빛이 조금씩 약해지면서 누군가의 얼굴이 나타났다.

"어, 엄마?"

"그래. 숨을 천천히 내쉬고 들이켜 봐."

나는 병실 바닥에 앉아 있었고, 엄마는 그런 나를 품에 꼭 안고 있었다. 무슨 일인지 몰라 어리둥절해하면서도 정신을 차리려고 애썼다. 온몸이 식은땀에 젖은 채 거친 숨을 내쉬었다. 꼭 100미터를 전속력으로 달린 것처럼 힘들었다. 엄마의 말대로 계속 호흡을 가다듬으려고 노력했다. 엄마는 그런 나를 걱정 어린 표정으로 내내 지켜봤다. 엄마에게 걱정을 끼친 것 같아 나는 괜찮은 척 얼른 몸을 일으켰다. 엄마를 지켜야 하는데, 이렇게 쓰러져 있을 수는 없었다.

닿을 수 없는 질문

나는 아빠의 장례식장에서 상주로서 팔에 완장을 찼다. 장례식장을 찾아온 사람들에게 인사를 해도 여전히 현실감은 없었다. 하루에도 몇 번씩 여진이 일어났다. 그럴 때마다 아빠의 영정 사진이 자꾸 흔들리는 것 같았다. 무슨 일이 또 벌어지진 않을지 계속 신경 쓰였다. 큰 지진은 끝났지만 여진은 언제 끝날지 알 수 없었다. 아빠의 영정 사진이 넘어질까 봐 나는 꿈속에서도 마음을 졸였다.

할머니는 병원에 입원 중이라 장례식장에 오지 못했다. 아니, 올 수 없다는 게 맞을 것이다. 할머니는 아빠의 죽음을 아직 모르고 있었다. 엄마는 할머니가 충격을 받으면 더 큰 일이 생길지도 모른다며, 내게 아무 말도 하지 말라고 신신당부를 했다.

엄마는 많지 않은 조문객을 맞으면서도 정신없어 보였다. 장례식장을 돌아다니며 바쁘게 움직이다가도 영정 사진을 멍하니 쳐다볼 때가 많았다. 엄마의 입술에 난 물집이 점점 더 부어올랐다. 엄마는 사람이 없는 새벽이면 아빠의 영정 사진 앞에 앉아 작은 소리로 흐느꼈다. 울음을 참으려고 끅끅거리는 소리를 낼 때마다 내 가슴은 냉기가 서리듯 싸늘해졌다. 악몽 같던 아빠의 죽음이 조금씩 뼈저리게 다가왔다.

"갑자기 무슨 일이래요?"

화장실에 다녀오다가 귓속을 파고드는 소리에 나는 숨을 죽이고 기둥 뒤로 숨었다.

"그러게. 이게 뭔 난리인지. 여기 내려온 지 얼마나 됐다고 그런 일을 벌였대?"

"빚이 많다고 하던데. 그게 죽는다고 해결돼? 이제 와서 자세히 물어볼 수도 없고."

"작은할머니는 아직 모르죠? 조금만 꾹 참지. 남은 가족은 어찌 살라는 건지. 쯧쯧."

"아까 작은삼촌이 일했다는 택시 회사에서 동료들이 왔던데 너무 웃고 떠들더라. 그래도 한솥밥 먹는 사이였는데 슬퍼하는 기색도 전혀 없고."

"아무래도 같이 일한 지 얼마 안 돼서 그러겠지. 이사 와서 일자리도 겨우 얻었다고 하던데…. 이만 인사하고 가자."

나는 아빠의 회사 동료들을 떠올렸다. 네 명 모두 오늘 처음

봤지만 상주로서 고개를 숙이며 맞았다. 그들은 안됐다면서 아빠의 명복을 빌었고, 나는 감사하다는 인사를 했다. 그들은 모르는 사람이 많이 오고 가는 장례식장에서도 인상에 남았다. 친척의 말처럼 꽤 조용한 장례식장에서 자기들끼리 시끄럽게 떠들다 갔기 때문이다. 여느 식당에서 술을 마시는 것처럼 술과 안주를 자꾸 더 달라고 했다. 엄마도 한동안 그 옆에 앉아 이야기를 나눴지만 얼마 지나지 않아 그들만의 세계가 되었다. 그들이 정말 아빠의 회사 동료들이 맞는지 궁금했다.

아빠가 택시 기사를 했다는 것도 지금에서야 알게 되었다. 그동안 집에서 빈둥빈둥 노는 줄로만 알았다. 아침에 보면 아빠는 늘 코를 골며 자고 있었다. 방에서는 술 냄새가 진동해서 아빠를 볼 때마다 한숨이 나왔다. 아빠의 코 고는 소리는 털 없는 짐승 한 마리가 커다란 우리 안에 웅크리고 자는 소리 같았다. 멋모르고 아빠를 한심하게 바라보고 비난했던 게 미안했다. 새벽에 일해야 비싼 요금을 받아서 밤낮이 뒤바뀐 채 일하고 있었다니. 그동안 아빠에게도 나름의 사정이 있을 거란 생각을 하지 못했다.

그렇다면 아빠가 죽음을 선택한 데에도 뭔가 다른 이유가 있는 걸까? 그저 아빠가 많은 빚을 지고 힘들어서 내린 선택이라고만 생각했다. 나도 모르는 사정이 아빠에게 있을지도 몰랐다. 그동안 집안을 돌보지 않는 아빠가 미웠다. 그래서 아빠에 대해 알려고도 하지 않았다.

아빠는 아빠로 불리기 전에 어떤 삶을 살았을까? 아빠의 영정 사진을 보다가 문득 궁금해졌다. 한 번도 아빠의 젊은 시절에 대해 듣거나 물어본 적이 없었다. 지금 와서 궁금해하기엔 너무 많이 늦어 버렸다. 아무리 물음을 던져도 대답을 해 줄 사람이 곁에 없었다. 영정 사진 속에서 밝게 웃고 있는 아빠가 낯설었다. 몇 년간 아빠에게서 저런 환한 미소를 본 적이 없었다.

"왜 사진 속에서 그러고 있는 거예요? 우린 여기서 슬퍼하고 있는데…."

아빠에게 하고 싶은 말이 많았다. 막상 만나면 또 어색해서 아무 말도 못 할지 몰랐다. 그래도 말하고 싶었다. 갈 곳을 잃은 말들이 먼지처럼 장례식장 안을 둥둥 떠다녔다. 아빠와 함께 지냈던 순간들이 떠올랐다가 사라졌다. 추억은 아빠에 대한 그리움이 쌓일수록 더 진한 색채를 띠며 떠올랐다. 다양한 색깔의 풍선이 하늘 높이 떠다니는 것처럼 소소한 추억들이 내 눈앞에 아른거렸다.

유치원 체육대회에서 나와 함께 달렸던 일, 엄마 몰래 내가 원하는 장난감을 사다 준 일, 학교에서 상장을 받아 올 때마다 맛있는 고깃집에서 축하해 준 일, 어쩌다 100점을 받으면 내가 천재라며 동네방네 자랑하고 다녔던 일, 거짓말을 했다고 눈물이 쏙 빠지게 혼냈던 일, 감기에 걸려 온몸이 불덩이였던 나를 업고 절뚝거리며 병원으로 달려갔던 일….

생각나는 추억이 많아서 당황스러웠다. 수많은 추억 속에서 아빠가 큰 소리로 웃고 울고 걱정하고 화내고 있었다. 내가 중학교에 들어가면서부터는 아빠와 함께한 추억이 별로 없었다. 아빠를 노려보거나 화를 내던 내 모습이 가슴에 뚫린 구멍 속을 휘저었다. 통증에 가슴을 부여잡았다. 아빠는 이제 추억 속을 빠져나가 연기처럼 사라지고 있었다. 다양한 표정으로 변하는 아빠의 얼굴을 더는 볼 수 없게 되었다. 눈을 감은 아빠의 딱딱한 얼굴이 내 마음에 뜨겁게 새겨졌다.

장례식이 모두 끝나고 피난소로 돌아왔다. 텐트 바닥에 앉자 온몸에 흐르던 긴장의 끈이 풀렸다. 임시였지만 이곳이라도 있어서 다행이었다. 장례식장에서는 한순간도 맘 편히 쉴 수 없었다. 사람들의 귓속말과 혀 차는 소리가 계속 신경을 자극했다. 듣지 않으려고 해도 귓속을 파고드는 소리를 막을 수는 없었다.

나는 다음 날 아침에 일어나려다 그대로 바닥에 쓰러지고 말았다. 구급차를 타고 가는 걸 모를 정도로 정신을 차릴 수 없었다. 응급실에 와서도 바닥이 살아 있는 것처럼 움직여 어지러웠고, 속이 메슥거려 자꾸 헛구역질이 올라왔다. 누워 있으면 더 심해지는 것 같아 침대 모서리를 붙잡고 요동치는 뱃속을 달래려고 애썼다.

"재우야, 괜찮아?"

아침에 출근도 못하고 나를 따라온 엄마가 걱정스러운 표정으로 물었다. 잇따라 힘든 일을 겪은 엄마를 또 걱정하게 만들었다. 엄마의 눈빛에서 나를 아빠처럼 보내지 않을 거라는 간절한 마음이 엿보였다. 괜찮다고 엄마를 달래고 싶었지만 고작 몇 마디를 할 힘도 없었다. 이렇게 몸을 가누지 못할 정도로 아픈 건 처음이었다. 옷이 등에 달라붙을 만큼 식은땀이 났다. 내 몸이 어떻게 된 걸까? 덜컥 겁이 났다.

나는 병원에서 피를 뽑고 엑스레이를 찍는 등 여러 검사를 받았다. 그리고 이석증이라는 진단을 받았다.

"귓속에는 우리 몸의 평형 감각을 담당하는 전정 기관이 있습니다. 전정 기관에는 다양한 크기의 돌이 있는데, 이게 이석이에요. 이 이석이 몸의 회전 운동을 느끼는 반고리관으로 흘러들 때가 있어요. 그러면 환자분처럼 어지럽거나 속이 메슥거리게 됩니다."

다행히 죽을병은 아니었다. 최근에 겪은 일로 죽음이 생각보다 가까이에 있다는 걸 알게 되었다. 누군가가 또 죽는 것은 아닐까 상상하고 혼자 미리 걱정하는 게 일상이 되었다. 하지만 나는 지금 의사의 설명에 가만히 귀 기울이고 있을 정신이 없었다.

"알았으니까 빨리 치료해 주세요. 어떻게 해야 하는데요?"

옆에 서 있던 엄마가 의사를 재촉했다. 내 맘을 대변해 준 엄마가 고마웠다. 나도 병에 대한 설명보다는 치료부터 해 줬으면 좋겠다고 생각했다. 나는 의사의 지시로 휠체어를 타고 처치실로 이동했다. 잘 서지도 못해 휠체어를 타야 겨우 움직일 수 있었다.

의사는 처치실에서 침대에 나를 앉힌 뒤, 고개를 45도 정도 돌려서 위를 보고 옆으로 눕게 했다. 그렇게 일정한 시간마다 앉았다가 여러 방향으로 다시 눕기를 반복했다. 나는 의사의 손길이 이끄는 대로 따르기는 했지만, 속으로는 이게 정말 치료법이 맞는지 의심스러웠다. 그냥 일어났다가 눕는 게 다였기 때문이다.

"일단 조치는 끝났고요. 이대로 입원해서 내일 결과를 볼게요. 이게 한 번으로 끝나면 다행이지만 그렇지 않으면 몇 번 더 시도해야 합니다. 이석이 전정 기관으로 다시 들어가야 치료가 끝나거든요. 병실로 가서 될 수 있으면 움직이지 말고 가만히 누워 있도록 하세요."

의사의 긴 설명은 내 귀에 잘 들어오지 않았다. 엄마가 나서서 의사에게 질문을 던지며 앞으로 주의해야 할 점을 들었다. 머리가 아직 어지럽기는 했지만 속이 아까보다 괜찮아지는 것 같아 그나마 다행이었다. 속이 메슥거려서 헛구역질을 계속하는 게 무엇보다 괴로웠다.

"엄마, 이제 일하러 가. 혼자 있어도 돼."

침대에 누워 엄마에게 괜찮다는 눈빛을 보냈다. 엄마는 걱정스러운 얼굴로 바로 나가지 못하고 멈칫거렸다. 괜찮다고 몇 번이나 말한 끝에야 겨우 엄마를 보낼 수 있었다.

 나는 설핏 잠들었다가 금방 깨어났다. 병실을 들락거리는 간호사와 면회를 온 사람들의 발소리, 응급실로 향하는 구급차의 사이렌 소리가 귀가 따가울 정도로 들려왔다. 피곤한데도 잠들 수 없었다. 잠을 잘수록 오히려 더 피곤해지는 것 같았다. 깜박 잠들었다가 놀라 깨기를 반복했다.

 저 멀리서 구급차의 사이렌 소리가 점점 커지며 가까워졌다. 또 무슨 일이 일어난 모양이었다. 삶과 죽음의 갈림길에 서 있을 사람을 상상하는 것만으로도 내 마음은 얼어붙었다. 사이렌 소리를 들으면 그날 밤의 혼란스러운 상황이 다시 떠오르곤 했다. 할머니가 갑자기 쓰러졌고, 우리는 구급차를 타고 응급실에 왔다. 할머니 곁에서 맘을 졸이기는 했지만, 아빠가 세상을 떠날 줄은 몰랐다.

 서울에 살 때도 그토록 시달렸는데, 왜 아직 이 시끄러운 소리에서 벗어나지 못했는지 씁쓸하기만 했다. 가만히 누워 있자니 이런저런 기억들이 방울방울 떠올랐다. 내가 어렸을 때도 이렇게 사이렌 소리에 파묻힌 적이 있었던 것 같았다. 사이렌 소리가 머릿속을 꽉 채울 정도로 울렸고, 세상이 빨간빛으로 가득했다. 무슨 사고가 있었나? 어떤 기억이 떠오를 듯 말 듯 했다.

 엄마나 할머니에게 물어봐야겠다고 생각하며 기억 찾기를

멈췄다. 누워서 생각만 하는 데에도 지쳤다. 창밖은 벌써 날이 저물어 어두워지고 있었다. 멍하니 바라보던 파란 하늘도 볼 수 없게 되자 갇혀 있는 기분에 마음이 답답했다. 밖을 걸어 다니면 좀 나을 것 같았지만 자리에서 일어날 힘도 없었다. 밖이 소란스러워지면서 직원이 침대에 탁자를 올리고 식판을 가져다줬다. 고개를 움직이지 않아도 냄새만으로 어떤 음식인지 알 수 있었다. 생선구이와 계란찜이었다. 딱히 먹고 싶은 생각이 들지 않았다. 병실 안에 음식 냄새가 진동하자 나는 결국 고개를 최대한 움직이지 않고 조심스럽게 일어나 휴게실로 나갔다.

휴게실에는 환자 몇 명이 앉아 TV를 보고 있었다. 창밖에는 주차 타워의 불빛만이 빛나고 있었다. 환기를 위해 열어 놓은 작은 창으로 바깥에서 사람들이 두런두런 이야기를 나누는 소리가 들렸다. 동시에 담배 냄새가 흘러 들어와서 숨이 막힐 것 같았다.

나는 의자에 앉아 고개를 움직이지 않으려 애쓰면서 시간을 보냈다. 담배 냄새가 나기는 했지만, 병실보다는 덜 답답했다. 땅이 움직이는 것처럼 어지럽고 속이 뒤틀리며 메슥거렸는데 지금은 많이 괜찮아졌다. 이 정도면 내일 바로 퇴원할 수 있을 듯했다. 그러면 엄마도 걱정을 덜겠지.

휴대폰을 꺼내 셀카를 찍었다. 내가 입은 환자복과 뒤의 창문이 보이도록. 이곳에 살아 있다는 걸 누구에게든 알리고 싶었다. 아직도 지진이 일어났던 날, 휴대폰이 먹통이 되었던 순간에 있는 것 같았다. 오늘처럼 아무에게도 연락이 오지 않는 밤이면 지진이 일어났을 때 정류장에서 느꼈던 기분이 자꾸 되살아났다. 달도 뜨지 않은 어둠 속에서 망망대해에 혼자 돛단배를 타고 물결에 이리저리 휘둘리며 떠다니고 있는 느낌이었다.

다음 날이 되자 나는 다시 이석증 치료를 받았다. 밤새도록 속이 메슥거리고 트림이 나와 고생했다. 이석증도 지진처럼 계속해서 내 뒤를 쫓아오는 것만 같았다. 영원히 끝나지 않을 고통에 숨이 막히는 기분이었다. 그래도 참아 내야 했다. 내 옆에는 엄마가 있으니까.

엄마는 나를 밤새 간호하느라 얼굴이 잿빛으로 변해 버렸다. 나는 새벽부터 다시 속이 울렁거려 헛구역질을 했다. 일어날 힘도 없어 침대에서 몸부림치며 고통스러워했다. 같은 병실을 쓰던 환자가 잠을 못 자겠다고 투덜대며 불만을 쏟아 냈다. 엄마는 애가 힘들어하는 게 보이지도 않냐며 그 환자와 말다툼을 벌였다. 그대로 두면 싸움이 더 커질 것 같아 나는 엄마의 손을 잡고 말렸다. 세상이 어지러워 죽을 것 같았다.

나는 주먹을 쥐며 가까스로 버텼다. 담당 의사가 출근할 때까지 더 기다려야 했지만, 꼭 낫겠다는 의지를 다졌다. 병원을 나갈 방법은 빨리 치료받고 낫는 길뿐이었다. 치료를 받고 나와 목에 깁스를 한 것처럼 꼼짝도 안 하고 누워 있었다. 다시는 병원에 오고 싶지 않았다.

네 목소리에 닿고 싶어

경주로 내려오기 전 서울에서 지낼 때였다. 학교 수업이 끝나고 집에 갈 시간이 되었다. 하지만 나는 집이 아닌 다른 곳으로 발길을 돌렸다. 집에 가면 물속에 있는 것처럼 숨이 막혀 답답했다. 예전에도 부모님은 일을 하느라 얼굴 보기가 힘들었다. 그런데 요즘은 집 자체가 얼음 동굴처럼 썰렁한 분위기를 풍겼다. 겨울이 어느새 지나가고 황사가 한반도를 뒤덮는 봄이었지만 한겨울보다 더 추운 것 같았다.

"너 요새 왜 그래? 나 피하는 거야?"

한재가 집 근처 놀이터로 향하던 내 팔을 붙잡고 소리를 질렀다.

"내가 뭘 어쨌다고?"

"나랑 같이 안 다니려고 하잖아. 내 얼굴 보지도 않고."

한재의 말이 맞아 멈칫했다. 하지만 그게 전부는 아니었다. 한재는 내 말을 못 알아들을 때가 많았다. 그냥 넘어갈 말도 다시 해 달라고 해서 같은 말을 몇 번씩 해야 했다. 그 일이 반복되니 짜증이 났다. 한재의 다른 친구들도 짜증스러워하는 게 내 눈에 보였다. 대놓고 뭐라고 하지는 않았지만 뒤로는 사오정이네, 귀찮네 하는 식의 얘기가 떠돌았다.

"너 때문이야. 네가 말하고 다녔지? 나에 대해서."

한재는 며칠 지나지 않아 나를 다시 불러내더니 화를 냈다. 나는 당황스러웠다. 내가 다른 친구들에게 자기 상태에 대해 말하고 다녔다고 단단히 오해한 모양이었다. 내가 아니라고 말했지만 한재는 내가 아니면 아무도 모를 일이라고 받아쳤다. 나를 믿지 않는 한재가 실망스러웠다. 한재의 오해는 풀리지 않을 것 같았다.

얼마 전에, 한재는 소음성 난청이라는 진단을 받았다. 진로를 음악 쪽으로 생각하고 있었던 한재에게는 하늘이 무너져 내리는 일이었다. 힘없이 다니는 친구를 위로하고 싶었지만, 한재는 도리어 내게 원망의 눈길을 보냈다. 옆에서 가만히 걱정하고 있던 나로서는 억울할 수밖에 없었다.

"하필이면 네가 아니라 왜 나야?"

한재의 말처럼 음악에 관심이 없는 내가 그렇게 됐다면 더 나았을지 몰랐다. 청력이 떨어지면 시끄러운 세상이 조금은 고요해질 것이다. 나는 자주 생각했다. 아무 소리도 들리지 않는 세계에서 잠들고 싶다고.

한재가 힘들어하는 게 걱정스러웠지만 내가 도와줄 수 있는 건 없었다. 한재와는 여전히 함께 다니고 있었다. 겉으로 보기에는 별문제가 없는 사이였다. 나는 우리 관계가 그대로 괜찮은 줄 알았다. 그런데 그게 아니었다. 내가 모르는 사이에 한재는 내게 원망을 품고 그 감정을 키워 나가고 있었다. 어쩌면 나도 그동안 한재에게 거리를 두고 있었는지 모른다.

뭔가 이상하다고 느낀 건 복도를 지나가는데 누군가 내 어깨를 툭 치고 갔을 때였다. 처음엔 그저 어쩌다 일어난 일이라고 생각했다. 그러다 복도에 한 무리로 모여 있던 애들 중 한 명이 발을 걸어 넘어지고 말았다. 그들은 나를 가리키며 낄낄 웃었다. 괴롭힘은 그렇게 시작됐다.

아이들의 행동은 날이 갈수록 점점 더 심해졌다. 내 가방을 뒤지거나 교과서에 낙서를 해 놓았다. 나를 둘러싼 아이들의 웃음소리도 커졌다. 하지만 그보다 더 견딜 수 없었던 건 나를 무시하는 한재의 눈빛이었다. 한재는 교실이나 복도에서 나를 보면 못 본 척 무시해 버렸다. 날 괴롭히는 애들은 한재와 자주 어울려 다니던 무리였다.

"너야? 네가 시켰어?"

한재를 붙잡고 이렇게 묻고 싶었다. 하지만 그럴 기회는 다시

오지 않았다.

며칠 후 나는 학교 뒷골목에서 한 무리에 둘러싸여 폭행을 당했다. 그 애들은 학교가 끝나면 나를 찾으러 오고는 했다. 그동안은 미리 학교를 빠져나가거나 화장실에 한참 숨어 있다가 나오는 식으로 애들을 피해 왔다. 그런데 그날은 애들이 화장실 앞에서 내가 나오길 딱 기다리고 있었다. 도망칠 길이 없어 나는 뒷덜미가 잡힌 채로 뒷골목까지 질질 끌려갔다.

"나, 나한테 왜 이러는 거야? 한재 때문이야?"

당당해지려고 했지만 나도 모르게 목소리가 떨렸다.

"한재? 풋. 그게 누구야?"

앞에 있던 애가 웃자 다른 애들도 따라 웃었다.

"네가 뭔데 재우 이름을 바꿔? 걔한테 친한 척 굴지 마. 네가 그렇게 나대니까 이런 꼴을 당하는 거야. 잊지 말라고."

그 애의 손짓을 시작으로 주변에 있던 애들이 주먹을 날렸다. 몸을 돌려 이리저리 피해 봤지만 어깨와 배에 주먹을 맞고 결국 쓰러지고 말았다. 내가 바닥에 엎드려 웅크리자 재미난 장난감을 발견했다는 듯이 낄낄거리는 웃음소리와 함께 발길질이 이어졌다. 얼마나 맞았는지 시간을 가늠하기 어려웠다.

나는 근처를 지나가던 사람의 신고로 겨우 살아났다. 다른 때보다 더 많이 맞았던 나는 병원에서 3일 동안 입원해 있다가 집으로 돌아갔다. 일주일 후에 열린 학폭위가 아니었다면 학교에 갈 생각을 하지 않았을 것이다. 내 얘기는 짤막한 뉴스로 다뤄졌다가 곧 사라졌다.

학폭위에는 아빠와 함께 갔다. 아빠가 학교에 온 건 그때가 처음이었다. 아빠는 항상 바쁘다며 졸업식조차 오지 않았다. 애들과 마주치기 싫어서 보건실에 있다가 집으로 돌아왔다. 피곤해서 침대에 누워 있었는데 아빠가 방에 들어왔다. 나는 잠에서 깼지만, 왠지 눈을 뜰 수가 없었다.

"한재우가 네 친구니?"

내가 자는 줄 알면서도 아빠는 나직한 목소리로 물었다. 대답을 원한 건 아닌 것 같았다. 나는 아빠에게 친구를 소개한 적이 없었다. 갑자기 왜 이런 걸 묻는지 알 수 없었다. 아빠는 누워서 자는 척하는 내 머리를 가만히 쓰다듬어 주었다. 지금은 꿈도 꾸지 못할 일이었다. 이제 그런 아빠의 모습은 영영 다시 볼 수 없게 되어 버렸으니까.

이후에 폭력을 주도한 한 명만 강제로 전학을 갔고, 나머지는 교내 봉사와 상담을 받는 것으로 정리되었다. 한재의 이름은 어디서도 나오지 않았다. 한재는 이번 일과는 아무 상관이 없는 것처럼 보였다.

얼마 지나지 않아 내가 경주로 가기 전까지 우리가 얼굴을 마주하는 일은 없었다. 한번 의식하기 시작하니 그 좁은 학교에서 서로 마주치기도 힘들었다. 멀리서 한재의 모습이 얼핏 보이기라도 하면 내가 먼저 자리를 피해 버렸다. 한재를 만나면 무슨 말을 할까 고민할 필요가 없었다. 우리 사이에 있던 틈은 너무나 벌어져 있었다.

나는 퇴원 후에 사람들이 모여 있는 피난소에 있기 싫어 밖을 돌아다녔다. 버스를 타고 가다가 맘에 드는 곳이 있으면 바로 내려서 둘러보고 피난소로 돌아가고는 했다. 어느 날은 호수가 보이는 곳에서 버스를 내렸다. 저물어 가는 햇빛에 수면이 찬란하게 빛났다.

세상이 어둠에 잠기자 플래카드가 걸린 곳에서 푸드 트럭들이 장사를 시작했다. 야시장 같은 게 열리는 모양이었다. 시원한 저녁 바람을 즐기려고 공원을 돌아다니는 사람들이 많아졌다. 사람들이 둥글게 모여 있는 곳으로 가자 그 가운데에서 기타 연주나 마술 공연을 하는 것이 보였다. 나는 가로등 불빛이 은은하게 비추는 호수의 산책길에서 사람들을 구경했다.

"어? 이건 어디선가….”

나는 호숫가를 걷다가 발길을 멈췄다. 산책길 중간에 서서 노래를 부르고 있는 사람은 나와 비슷한 또래로 보였다. 그 아이는 많은 구경꾼 앞에서도 당당하게 자기 노래를 부르고 있었다. 목소리는 맑고 청아했다. 고음도 거침없이 올라가서 듣는 것만으로 청량한 사이다를 마시는 것처럼 시원하게 느껴졌다. 나는 그 순간 그 아이의 팬이 되었다. 그런데 들으면 들을수록 어디선가 들어 본 목소리였다. 기억을 헤집다가 떠오른 생각에 나는 하마터면 손뼉을 칠 뻔했다.

"맞아! 이 목소리였어."

아빠가 있던 병원의 공원에서 들은 노랫소리와 비슷했다. 정말로 그때 버스킹을 했던 사람이 맞는지 확인하고 싶었다.

"어? 유자다."

노랫소리의 주인공이 누군지 궁금해하고 있는데 옆에서 사람들이 얘기하는 소리가 들렸다.

"유자? 그게 누군데요?"

"이 지역에서 꽤 유명한데. 몰랐어? 목소리가 매력 있잖아."

질문을 받은 사람이 자기만 알고 있는 비밀을 알려 준다는 듯이 으스댔다. 그 말처럼 유자의 목소리는 너무나 맑고 깨끗해서 사람의 마음을 끌어당기는 매력이 있었다.

나는 그날부터 매일 그곳을 찾아갔다. 맨날 들어도 유자의 목소리는 질리지 않았다. 유자는 늘 같은 자리에서 노래를 불렀다. 맨 앞에서 고개를 끄덕이며 들었더니, 유자와 몇 번 눈이 마주치기도 했다.

어느 날은 유자가 버스킹을 끝내고 짐을 챙기는데 기타 가방을 들다가 그 안에 담긴 돈이 땅에 떨어지고 말았다. 생각하기도 전에 몸이 먼저 움직였다. 나는 재빨리 떨어진 지폐와 동전을 주워 유자에게 건넸다. 유자는 고맙다고 인사하고는 그냥 가려고 했다.

"고마우면 음료수 사 줘요!"

나는 유자의 뒤통수에 대고 소리쳤다. 모르는 사람에게 이런 요구를 한 적이 없어서 스스로 놀라고 말았다. 유자는 기분 나쁜 표정을 짓기는 했지만, 근처 편의점으로 고갯짓을 하고 들어갔다. 유자는 탄산음료 2개를 사서 나오더니 편의점 앞에 놓인 의자에 앉았다. 나는 물어보고 싶은 말이 많았지만, 긴장으로 입이 잘 떨어지지 않아 애꿎은 탄산음료만 들이켰다. 무슨 말을 꺼내야 할지 몰라 머릿속이 새하얘졌고 이마에 식은땀이 났다. 나는 말없이 축축한 손바닥을 청바지가 닳을 정도로 계속 비벼 댔다.

"이제 됐지?"

유자가 떠나려고 했다. 나는 자리에서 벌떡 일어났다. 유자를 어떻게 붙잡았는데, 이렇게 쉽게 보낼 수는 없었다.

"반했어!"

내가 큰 소리로 외치자 주변이 순간 고요해졌다. 그제야 내가 무슨 말을 했는지 깨닫고는 얼굴이 화끈 달아올랐다.

"아, 아니야. 모, 목소리가 저, 정말 좋다는 거야. 진짜로 내가 맨날 와서 들었는데…."

나는 당황해서 있는 말, 없는 말을 주절주절 내뱉었다.

"너 몇 살이야?"

유자가 내 말을 끊고는 물었다.

"여, 열여섯."

"그럼 이제부터 누나라고 불러."

"잠깐만! 물어볼 게 있어. 얼마 전에 병원 근처에서 버스킹하지 않았어?"

"그랬을 거야. 여러 곳을 돌아가면서 하고 있거든."

유자는 빙긋 미소 짓고는 자리를 떠났다. 나는 꿈을 꾸는 듯한 기분에 한동안 그 자리에서 움직일 수 없었다. 혼자 두려움에 떨고 있을 때 내 마음을 위로해 줬던 그 목소리를 찾은 것이다. 이제 유자의 목소리를 놓을 수 없었다.

우리 사이의 거리

 그 후 우리는 버스킹이 끝나면 자주 이야기를 나눴다. 정확히 말하면 내가 유자의 뒷정리를 돕는 식이었다. 유자도 내 도움을 마다하지 않았다. 유자는 출석 체크를 하듯이 저녁이면 버스킹을 하러 호숫가로 나왔고, 나는 유자의 노래를 들으러 매일 이곳을 찾아왔다. 난 유자의 목소리를 듣는 게 정말 좋았다. 실제로 들어 본 적은 한 번도 없지만, 아침의 숲속에서 들리는 청아한 새소리 같았다.

 유자의 공연이 빨리 끝난 날이었다. 그날따라 유자의 목 상태가 별로 좋지 않았다. 며칠 동안 꽤 쌀쌀한 바람이 부는가 싶더니 감기에라도 걸린 건가 싶었다.

 "누나, 괜찮아?"

 의자에 앉아 몸을 부르르 떠는 유자에게 따뜻한 음료수를 건

넸다. 유자는 감동하는 눈빛을 보내며 음료수를 받아 차가운 손바닥을 감쌌다.

"좀 쉬고 있어."

나는 유자가 편히 쉴 수 있도록 짐을 한쪽으로 정리했다. 마지막으로 기타를 가방에 집어넣다가 의자에 다리를 꼬고 앉았다. 그리고 유자처럼 기타를 품에 안고 손가락으로 줄을 잡아 보았다. 기타 줄 위에서 움직이는 유자의 손은 너무나 멋지고 아름다웠다. 그 손을 따라 흘러나오는 기타 소리는 잔잔해서 듣고 있으면 마음이 편안해졌다. 유자의 연주 솜씨가 좋은 걸까, 아니면 기타가 좋은 걸까? 내가 튕긴 기타 줄에서 탕탕거리는 소리가 나는 걸 보면 유자의 연주 솜씨가 좋은 게 맞을 것이다.

"풋, 그게 뭐야?"

유자가 내 기타 소리에 웃음을 터트렸다. 별생각 없이 줄을 튕기다 갑자기 민망해져서 기타를 가방에 넣으려고 했다.

"이리 줘 봐. 기타 배우고 싶어?"

유자는 기타를 받아 연주하기 시작했다. 내가 방금 만졌던 기타가 맞나 싶을 정도로 나와는 전혀 다른 소리가 흘러나왔다. 유자는 어떤 소리든 듣기 좋게 만드는 재주가 있었다. 유자가 내는 소리는 무엇이 다른 걸까? 유자의 노래와 기타 연주는 나를 꿈꾸게 만들었다.

"기타를 어디서 배웠어?"

"나? 유튜브로 배웠지."

"정말? 나도 유튜브만 보고 혼자 할 수 있을까?"

"글쎄. 좋아해서 하다 보면 언젠가는 되겠지."

나는 유자의 애매한 대답에 웃고 말았다. 유자보다 더 잘할 자신이 없어서 기타를 치고 싶은 마음이 싹 사라졌다. 그 대신 유자가 기타를 치는 모습을 계속 보고 싶었다.

"누나, 가자. 데려다줄게."

나는 기타 가방을 등에 메고 앞으로 걸어갔다. 유자와 있는 시간을 조금이라도 더 늘리고 싶었다.

"아냐. 나 혼자 갈 수 있어. 고마워."

하지만 유자는 자꾸만 나를 밀어 내고 벽을 만들었다. 나는 아쉬운 마음으로 유자를 지켜볼 수밖에 없었다.

집에 데려다준다고 한 이후로 유자는 나를 조금씩 멀리했다. 나는 포기하지 않고 유자의 마음을 열기 위해 노력했다. 버스킹이 끝날 때쯤에 목에 좋은 음료수를 사다 주었다. 유자는 그때마다 멈칫거리기는 했지만 음료수를 받아 마셨다.

"이제 누나가 싫어할 만한 말은 안 할게."

유자에게 말할 때는 한 번 더 생각하기로 마음먹었다. 어떤 말이 유자의 신경을 건드릴지 몰랐다.

"됐어. 그냥 입장이 달라서 그래. 맘 쓰지 마."

유자는 환하게 미소 지었다. 나는 '입장'이라는 말이 무슨 뜻

일까 궁금했지만 더 묻지 않았다. 이제 나도 눈치를 좀 볼 줄 알았다.

    그날은 아침부터 날씨가 흐리더니 버스킹이 끝날 때쯤에 비가 부슬부슬 내리기 시작했다. 우산이 없어서 겉옷을 벗었더니, 유자가 내 어깨를 탁탁 치며 깔깔거렸다.
"뭐야? 무슨 영화 찍어?"
    유자가 웃는 모습이 보기 좋아서 비를 맞으며 달리고 싶었다. 소리까지 지르면 완전히 미친 사람으로 찍힐까 봐 주먹을 쥐고 꾹 참았다.
"누나, 우리 영화 보러 갈까?"
    미친 짓 대신에 용기를 내 보기로 했다. 항상 버스킹을 할 때만 봤기에 유자가 제안을 받아들일 거라 기대하지는 않았다.
"좋아."
    나는 기분이 너무 좋아서 부슬비를 맞으며 달려 나갔다. 우산을 쓰지 않아도 신났다. 결국 공원을 한 바퀴 돌고 말았다.
"감기 걸려. 빨리 와."
    유자가 기타 가방을 메고 걸어가는 걸 보고 정신을 차렸다. 유자에게 달려가 기타 가방을 대신 들었다. 부슬비가 흘러내려 유자의 머리카락과 얼굴에 물방울이 맺혔다. 가로등 불빛을 받아 반짝거리는 유자의 모습에 가슴이 두근거렸다. 관자놀이 쪽

머리카락에 맺힌 물방울 하나가 볼을 타고 미끄러져 내렸다. 나도 모르게 닦아 줄 뻔했다. 유자는 어떻게 이렇게 반짝반짝 빛이 날까?

"누나, 춥지 않아?"

"괜찮아. 별로 안 추워."

"지금이라도 우산 사 올까?"

"아냐. 나 이런 날씨 좋아해. 우산을 안 써도 괜찮을 정도로 오는 비."

"그래? 특이하네. 보통은 비 맞는 거 안 좋아하잖아."

"보통은 그렇지. 난 특별하잖아."

나는 유자의 보기 드문 농담에 웃고 말았다. 함께 걸어가는 이 순간이 너무나 좋았다. 비를 맞든 안 맞든.

다음 날 유자를 만나러 시내로 갔다. 6시에 보기로 했지만 가만히 있을 수 없어 4시에 벌써 약속 장소에 도착했다. 남은 시간 동안 시내를 돌아다니면서 길거리를 구경했다. 무작정 돌아다녔더니 유자를 만나기로 한 시간이 다가왔다. 오늘은 내 인생에서 아주 중요한 날이었다. 유자를 만나면 사귀자고 할 생각이었다. 그 장면을 상상할 때마다 내 가슴에는 아릿한 통증이 느껴졌다. 이렇게 긴장되는 순간은 다시 없을 것 같았다.

저 멀리서 천천히 걸어오는 유자가 보였다. 심장이 빨리 뛰기 시작했다. 유자는 하얀색 바탕에 검은색 줄이 포인트로 들어간

티셔츠를 입고 밝게 웃었다. 반갑다고 손을 흔드는 유자가 너무나 예뻐 보였다.

우리는 돈가스를 파는 식당으로 향했다. 어젯밤 늦게까지 검색해서 찾아낸 분위기 좋은 곳이었다. 맛있고 가격도 부담스럽지 않은 곳이라고 했다. 유자가 맛있게 먹는 것 같아 다행이었다. 우리는 돈가스와 스파게티를 먹으며 얘기를 나눴다. 대화라기보다는 내가 유자의 말을 듣는 것에 가까웠다.

그동안 인터넷에서 대화의 기술이나 말 잘하는 방법을 찾아보면서 공부했다. 하지만 실제로 유자와 얘기를 할 때는 하나도 쓸모가 없었다. 나는 줄곧 유자의 말에 맞장구만 칠 뿐이었다. 잘 듣는 것도 중요하다고 하지만, 나는 유자와 대화를 하고 싶었다. 질문할 게 뭐가 있을까? 머리를 열심히 굴려 봐도 아무것도 떠오르지 않았다. 유자 앞에서는 왜 바보가 되는지 답답하기만 했다. 유자의 목소리를 듣는 것만으로도 내 마음은 눈앞에서 솜사탕이 몽글몽글 만들어지는 것처럼 설렜다.

그때 유자에게 전화가 왔다. 유자는 웃으며 상대방과 통화했다. 누군지 모르는 사람에게 괜히 질투가 났다. 빨리 전화를 끊고 내게 집중해 줬으면 좋겠다 싶었다. 하지만 생각보다 통화가 길어지자 조바심이 났다. 나는 다리를 덜덜 떨면서 기다렸다. 요동치는 내 마음을 감당하기 힘들어서 창밖으로 시선을 돌리며 한숨을 내쉬었다.

우리는 밥을 먹고 나서 영화를 보러 갔다. 유자가 좋아할 것 같아서 음악이 많이 나오는 영화를 골랐다. 주인공이 학교 관악부에 들어가 악기를 연주하며 성장한다는 줄거리의 애니메이션이었다.

"괜찮았어?"

영화를 보고 나오면서 유자의 표정을 살폈다.

"나쁘지 않아."

다행이었다. 솔직히 유자가 감동한 표정은 아니었다. 그렇다고 유치하거나 재미없었던 것은 아닌 것 같아 안심했다.

"우리 사진이나 찍으러 갈까?"

기념으로 유자와 함께 사진을 찍고 싶었다. 하지만 유자는 시간을 확인하더니 오늘은 이만 들어가 봐야 한다고 했다.

"그럼 오늘은 집에 데려다줘도 돼?"

아쉬움을 뒤로하고 유자에게 물었다. 아직 해야 할 말이 있어서 이대로 유자를 보내고 싶지 않았다. 나는 유자와 함께 버스 정류장으로 천천히 걸어갔다. 그때 갑자기 우두둑거리는 소리가 들려 걸음을 멈췄다.

"왜 그래?"

유자가 의아한 표정을 지었다. 유자는 아무것도 듣지 못한 것 같았다. 내가 남보다 소리에 예민하다는 걸 유자에게 들키고 싶지 않았다. 이런 나를 보면 누구든 이상하고 유난스럽다고 생각할 것이다. 나는 아무것도 아니라며 고개를 저었다. 착각이라 생각하며 다시 걸어가려는데, 땅이 가라앉았다가 위로 들리는 느낌이 들었다. 설마 진짜인가 싶어서 눈까지 감아 봤지만, 더 이상의 움직임은 없었다.

"그냥 착각이었나 봐."

나는 머쓱해져서 뒷머리를 긁적였다. 아무것도 아닌 일에 민감하게 구는 내가 바보 같았다. 그런데 잠시 후에 여진이 발생했다는 재난 문자가 유자와 내게 동시에 왔다. 아니길 바랐지만 내가 느낀 게 맞았다. 여진을 느낄수록 내 신경은 날카로워지기만 했다. 가만히 있어도 땅이 요동치는 느낌이었다. 아무 연락이 없어도 휴대폰이 진동한다고 착각하는 것처럼.

"어디가 안 좋아?"

유자가 찡그리고 있는 내 얼굴을 살피며 물었다. 내가 느끼는 걸 유자에게 하나하나 다 말할 수는 없었다. 때마침 도착한 버스에 우리는 서둘러 올라탔다.

유자가 사는 집 가까이에 다다랐을 때, 몸집이 다부진 중년 여자가 우리 쪽으로 다가왔다. 여자는 유자에게 웃으며 말을 걸었다.

"채희야, 왔어? 치킨 사다 놨으니까, 애들이랑 먹어."

"이모는 어디 가요?"

유자는 웃으며 여자와 편하게 말을 주고받았다.

"응. 친구들 좀 만나고 올게."

"너무 취했다 싶으면 전화해요. 마중 나갈게요."

"말만 들어도 든든하다. 걱정하지 말고 애들이랑 치킨 맛있게 먹고 쉬어."

유자는 여자가 가자 내게 작별 인사를 하려고 했다.

"누나 이름이 채희였어? 유자는 예명이구나. 무슨 뜻이야?"

"유자가 그냥 유자지, 뭐."

유자는 내 말을 가볍게 넘겼다. 그런 유자의 모습이 서운했다. 내가 유자를 생각하는 것만큼 유자는 나를 생각해 주지 않는 것 같았다.

"이모랑 같이 살아?"

"내가 지금 지내는 쉼터 이모야. 다 왔으니 이만 가 봐."

유자는 내게 잘 가라는 듯 손을 흔들고 오래된 아파트 쪽으로 몸을 돌렸다.

"잠깐! 쉼터는 뭐야? 누나 집이 아니야?"

다급한 내 말에 유자는 움직임을 멈췄다. 가로등 불빛에 유자의 난처해하는 표정이 나타났다가 사라졌다. 유자는 곧바로 눈썹을 찡그리며 더는 자기 일에 간섭하지 말라고 경고했다.

"집? 그게 없으면 뭐 어때? 그런 거 없이도 난 혼자서 충분히 잘 살고 있어. 그러니까 너도 나한테 이래라저래라 하지 마."

유자는 내게 화를 냈다. 유자가 이렇게 목소리를 높인 건 처음이었다. 우리 사이에서 언제나 한발 물러나 무심한 듯 굴던 유자였다.

"저 사람이 잘 챙겨 주는 거 맞아? 쉼터에 애들 많으면 자기 방도 없잖아. 그냥 우리 집으로…."

나는 멈칫하며 입을 다물었다. 이제 우리 집이라고 할 만한 공간은 없었다. 우리가 언제 할머니 집으로 돌아갈 수 있을지 아무도 몰랐다. 유자를 데리고 피난소로 갈 수도 없었다.

"네가 뭘 걱정하는지 알아. 돌아갈 집이 없는 애들을 나쁜 의도로 보호해 주는 사람이 많지. 세상에는 우리가 어찌 되든 상관없어하는 사람이 대부분이고. 하지만 이모는 진심으로 우리를 보살피고 걱정해 주는 사람이야. 자기도 고아로 자라서 힘들었다고 도와주고 싶어 해. 걱정해 줘서 고마워."

유자가 내 어깨를 툭툭 두드렸다. 하고 싶은 말은 많았지만, 티 없이 밝은 유자의 미소에 말문이 막혔다. 내가 유자를 도울 방법은 없었다. 내 앞가림도 하기 힘든 상황이었다. 유자는 나를 두고 아파트 안으로 사라졌다. 나는 한참을 서 있다가 돌아설 수밖에 없었다.

빨간 사이렌의 기억

엄마와 나는 여전히 피난소에 마련된 텐트에서 지내고 있었다. 며칠이 지나고 상황이 어느 정도 마무리되면 집으로 돌아갈 수 있을 줄 알았다. 그런데 몇 주가 지나도록 우리는 텐트에서 생활해야 했다. 지진으로 금이 간 벽을 보수하는 공사가 끝나야 집으로 갈 수 있다고 했다. 다 무너져 가는 집이라도 우리 집이니 이제 그만 돌아가고 싶었다. 이런 곳에서 여러 사람과 함께 지내는 게 더 싫었다.

할머니는 아빠의 장례식 이후로 몸이 조금 좋아져 퇴원할 수 있었다. 텐트에서 지내게 된 할머니는 안쪽에서 이불을 덮고 끙끙거렸다. 내가 보기에는 몸보다 마음이 더 아픈 것 같았다. 할머니는 퇴원하고 나서야 아빠의 죽음을 알게 되었다. 할머니가 또 쓰러지는 건 아닌지 걱정스러웠다. 할머니는 나와 엄마를 생각하며 겨우 정신을 붙잡고 있었다.

　나는 텐트를 나와 체육관 주변을 서성거리며 시간을 보냈다. 다행스럽게도 체육관 뒤쪽에 있는 야트막한 산으로 산책길이 나 있었다. 나처럼 답답한 텐트 생활에 산책을 하러 나온 사람이 여럿 보였다. 지진으로 집을 나와 있는 상황에서도 아이들은 해맑게 웃으며 어떡해서든 재밌는 놀이를 생각해 냈다. 어렸을 때 할머니 집에서 지냈던 시절의 나처럼. 그때를 생각하며 산책길을 몇 바퀴 돌았더니 시간이 훌쩍 지나가 있었다.

　할머니의 앓는 소리는 주변 사람들도 힘들게 한 모양이었다. 몇몇 사람이 엄마에게 다가와 심각한 표정으로 뭔가를 얘기했다. 엄마는 그날 밤새도록 한숨을 푹푹 내쉬며 고민하더니 결국 할머니를 요양원에 입원시키기로 했다.

　"엄마, 집에 돌아갈 때까지 조금만 참고 계세요. 텐트보다는 거기가 생활하기 더 편할 거야."

　엄마의 마음을 아는지 모르는지 할머니는 삶의 의욕을 완전히 잃어버린 듯 힘이 없었다. 할머니의 눈도 더는 우리를 쳐다보고 있지 않았다. 항상 인자한 눈으로 나를 챙겨 주던 할머니가 이렇게 힘이 빠져 있는 모습은 낯설 정도였다. 할머니는 그렇게 피난소를 떠나 간병인이 있는 요양원에서 지내게 되었다.

　"오늘은 할머니 좀 보고 올래?"

　처음에는 요양원을 자주 찾아갔다. 하지만 갈 때마다 아빠의 죽음으로 힘들어하는 할머니 모습을 보면 기분이 좋지 않았다. 이런 생각을 하면 안 된다는 것을 알면서도 할머니가 아파하는 모습을 더는 보고 싶지 않았다. 아빠가 중환자실에 누워 있을 때가 계속 생각나는 것처럼 나중에 할머니의 이런 모습만 기억하게 될까 봐 겁이 났다. 게다가 요양원에는 아픈 사람만 있다 보니 공기가 늘 무겁게 내려앉아 있었다. 그곳에 있으면 나까지 기분이 울적해지는 것 같아서 엄마가 할머니를 보고 오라고 할 때마다 자꾸 피하게 되었다.

"넌 아무 걱정 하지 말고 학교나 잘 다녀."

엄마도 내 마음을 알아챘는지 더는 강요하지 않았다. 엄마에게 미안해서 학교라도 잘 다니기로 했다. 여러 걱정에 시달리는 엄마에게 나까지 짐이 되고 싶지 않았다.

얼마 후에 나는 큰마음을 먹고 오랜만에 학교에 갔다. 전학을 왔던 날보다 더 긴장되었다.

"야, 쟤 아빠가 말이야…."

그사이 아빠에 대한 소문이 학교에 쫙 퍼져 있었다. 어떻게 알았는지 아이들은 호기심 어린 눈으로 나를 쳐다봤다. 나를 따라붙는 아이들의 시선을 피할 길이 없었다. 아이들은 내가 복도만 걸어가도 뒤에서 소곤거렸다. 고개를 푹 숙인 채 교실로 들어가 겨우 자리에 앉았지만, 애들은 자꾸 나를 힐끔거렸다. 책상에 엎드려도 귀에 들어오는 소리를 막을 수는 없었다.

"지금 지진 대피 훈련을 할 거니까. 방송 잘 듣고 따라 해."

담임선생님이 들어와서 훈련에 대해 일러 주었다. 애들이 귀찮다며 야유를 보냈지만, 담임선생님은 꿈쩍도 하지 않았다.

"공재우, 넌 왜 엎드려 있어?"

나는 담임선생님에게 훈련에 빠지면 안 되겠냐고 물었다.

"어디가 아픈 거야?"

담임선생님은 열이 있는지 내 이마를 짚으며 얼굴을 살폈다.

"재우야, 단체로 하는 훈련이니까 논다고 생각하고 천천히 해 봐. 그런 김에 친구도 사귀면 좋잖아. 오랜만에 학교에 나왔으니까. 응?"

나는 아무 대꾸도 하지 못하고 몸을 일으켰다. 학교는 이래서 싫었다. 하기 싫어도 무조건 참여해야 하는 게 있어서 사람을 귀찮게 했다. 그중의 최악은 다른 애랑 같이하는 조별 과제였다. 나를 구경거리로 보는 애들하고는 친구가 되고 싶지 않았다. 친구가 된다고 해도 사소한 일로 금세 틈이 생기고 사이가 벌어질 게 틀림없었다. 그런 얕은 관계에 휘둘리고 싶지 않았다. 처음 왔을 때도 학교가 맘에 들지 않았지만 지금은 더 다니기 싫어졌다.

— 지진 발생! 지진 발생! 학생 여러분은 지금 당장 책상 아래로 들어가 몸을 보호하십시오.

"자, 다들 뭐하고 있는 거야? 방송에 나온 지시를 잘 듣고 따라야지."

방송이 나와도 우물쭈물하던 우리는 담임선생님이 혼내는 소리에 어기적어기적 책상 아래로 머리를 들이밀었다. 덩치가 큰 남자애들은 몸을 구기며 책상 밑으로 들어가는 데 힘이 들어서 여기저기서 낑낑거리거나 장난을 치며 웃는 소리가 들렸다.

"다들 장난치지 말고 진지하게 해야지. 이런 훈련이 장난 같겠지만 진짜 재난이 닥칠 때는 큰 도움이 된다는 걸 잊지 마. 재난은 사람을 피해 가는 게 아니야."

담임선생님이 교탁 아래에 몸을 숨기면서 말했다. 하지만 애들은 책상 아래에서 서로 손을 때리고 피하거나, 휴대폰으로 게임을 하거나, 친구들과 시시한 얘기를 주고받느라 정신이 없었다. 담임선생님의 말을 귀담아듣는 사람은 내가 유일한 것 같았다. 재난은 사람을 피해 가는 게 아니라는 말이 절실하게 다가왔다. 이런 훈련을 한다고 재난을 피할 수 있을지는 의문이 들었지만.

"뉴스에 나온 거 너희 집 얘기야?"

나는 옆에서 갑자기 들린 말에 놀랐다. 이렇게 대놓고 물어보는 애는 없었다. 옆자리 책상 밑에 몸을 구겨 앉은 애가 호기심 가득한 눈을 반짝였다. 그 말에 주위에 있던 다른 애들도 궁금하다는 시선을 던졌다.

"그, 그만 봐…."

나는 시선만으로도 상처를 줄 수 있다는 걸 뼈저리게 느꼈다. 이마와 목덜미에 식은땀이 맺혔다. 책상 밑은 뻥 뚫려 있었지만, 사방이 무언가에 막힌 것처럼 갇혀 있는 느낌이 들었다. 갑자기 숨 쉬기가 힘들어지면서 눈앞이 어지러웠다.

"말 좀 해 봐. 궁금해."

애들이 스스럼없이 한마디씩 던지는 말들이 귓속을 빙빙 맴돌았다.

"선생님! 애 쓰러졌어요!"

누군가의 외침이 점점 멀어져 가며 의식이 흐려졌다.

"재우야, 괜찮아?"

깜빡거리며 눈을 떴을 때는 옆에 담임선생님이 있었다. 나는 보건실 침대에 누워 있었다.

"요새 잠을 못 자니? 피곤해서 쓰러진 거라니까 좀 쉬어."

담임선생님의 말을 들으며 나는 눈을 감았다. 지금은 그저 이대로 있고 싶었다. 얼마나 시간이 흘렀을까. 나는 한참 뒤에 정신을 차렸다. 몸이 조금은 가뿐해진 것 같았다. 보건선생님은 돌아가도 된다고 했지만 나는 교실로 가기 싫었다. 애들이 나를 바라볼 시선이 부담스러웠다.

"그래. 오늘은 몸도 안 좋으니, 조퇴하고 집에서 푹 쉬어."

결국 담임선생님의 허락을 받고 피난소로 향했다. 그리고 엄마가 돌아와 깨울 때까지 텐트 속에서 잠들었다. 온몸에 식은땀을 흘리며.

몸이 좀 좋아지기는 했지만, 다시 학교에 가는 게 내키지 않았다. 하지만 걱정스러운 눈빛을 보내는 엄마 때문에 꾸역꾸역 학교를 나갔다. 애들이 또 뭐라고 할까 싶었는데, 다행히 얼마 지나지 않아 기말고사 기간이 되었다. 그렇게 나에 대한 관심은 곧 사라졌다.

거리마다 캐럴이 흘러나왔다. 누구나 행복한 크리스마스를 꿈꾸며 한 손에 케이크를 들고 집으로 향하는 이브였다. 우리는 세상 사람들이 한껏 들뜬 크리스마스를 앞두고 여전히 피난소 텐트에서 지내고 있었다. 여진은 계속되고 있었지만 안전하다는 판단이 내려진 집에는 사람들이 돌아갈 수 있었다. 그럴수록 우리가 지낼 공간이 넓어져서 좋았지만 나는 집에 갈 수 있는 사람들이 마냥 부러웠다.

엄마가 크리스마스이브라고 치킨을 시켰다. 별생각이 없었는데 막상 고소한 냄새를 풍기는 치킨을 보자 군침이 돌았다. 부모님 가게가 망한 뒤로 치킨은 쳐다보기도 싫었다. 치킨을 튀겨내는 기름 냄새만 맡아도 머리가 지끈거릴 정도였다. 하지만 시간이 지나고 나니 어느새 튀기는 소리와 함께 바삭거리는 맛이 그리워졌다. 닭 다리를 잡고 한 입 베어 물자 나도 모르게 콧노래가 나올 정도였다. 정신없이 치킨을 먹는데 시선이 느껴졌다. 엄마가 치킨을 앞에 놓고 나만 쳐다보고 있었다.

"왜 안 먹어?"

"아냐. 나도 먹을 거야."

엄마가 치킨 한 조각을 들며 웃었다. 엄마의 미소는 힘이 없었다. 그렇게 맛있던 치킨이 갑자기 식어 버린 듯 눅눅하게 느껴졌다. 내가 이런 상황에서 뭘 맛있게 먹어도 되는지 의문이 들었다.

"엄마, 내가 어렸을 때 사고가 났었어?"

"그게 무슨 말이야?"

엄마의 얼굴에서 긴장된 빛이 엿보였다.

"어렸을 때 무슨 사이렌 소리를 들었던 기억이 떠올라서."

나는 그동안 애써 외면해 왔던 이야기를 꺼냈다. 나를 괴롭히는 환영은 항상 내 눈앞에 있는 듯 선명하게 떠올랐다. 아니, 들렸다. 나는 누군가의 품속에 안겨 있었고 눈을 뜰 수 없었다. 아이가 우는 소리와 고통을 참아 내는 신음이 들리며 점점 의식이 멀어졌다. 그때 점점 커지는 사이렌 소리가 멀어져 가는 의식 사이로 파고들었다.

"괜찮아. 걱정하지 마."

귀를 막을 수 없어 몸부림치는 나를 누군가가 따뜻한 품 안으로 꽉 끌어안았다. 나는 그대로 정신을 잃었다. 모든 게 암흑 속에 잠겼다.

"평생 말 안 할 생각이었어. 네가 기억하지 않았으면 했거든…. 조금 큰 사고였어. 네가 여덟 살 때 아빠가 널 데리고 경주에 갔다 왔어. 집에 올 때 택시를 탔는데, 그 택시가 오는 길에 음주 운전 차량과 부딪치고 말았어."

여덟 살, 아빠와 둘이서, 경주에 갔다 오는 길. 엄마가 말해준 시기를 떠올리며 흐릿한 기억 속을 더듬어 보았다.

할머니와 친척들이 경주에 있는 큰집에 모여들었다. 제사상 앞에서 절을 하고 밥을 먹었다. 오랜만에 만난 친척들에게서 용돈을 받고, 형들과 벌레를 잡고 놀면서 즐거운 하루를 보냈다. 산길을 폴짝폴짝 뛰어다닌 기억이 난다. 뒤에서 할머니가 넘어지면 다치니까 조심하라고 외치는 소리가 들리는 듯했다.

나는 그날 너무 많이 뛰어논 탓에 서울로 가는 버스를 타자마자 깊은 잠에 빠져들었다. 덜컹거리는 버스 안에서 한 번도 깨지 않았다. 서울에 도착해 아빠가 몇 번씩 흔들어 깨워도 무거운 눈꺼풀은 떠지지 않았다. 그렇게 아빠는 나를 품에 안고 택시를 탔다. 택시를 부르는 아빠의 목소리와 품속에서 내 등을 토닥이는 커다란 손바닥이 떠올랐다. 나는 아빠의 손길에 안심하며 다시 잠들었다. 그러다 갑자기 몸이 붕 떠서 뭔가에 부딪혔다. 순식간이었다. 그 이후로 무슨 일이 일어났는지 몇 번을 생각해도 기억 속은 안개가 낀 것처럼 뿌옇기만 했다.

"그 사고가 나고 3일 뒤에 너한테 갑자기 난청이 생겼어. 한동안 잘 못 들었지. 우리는 당연히 교통사고 때문이라고 생각했는데, 상대방 보험사에서 아니라고 우기는 거야. 네 치료가 먼저라 결국 합의할 수밖에 없었어. 다행히 치료가 잘 끝나서 넌 얼마 후에 다시 잘 듣게 됐어."

나는 엄마의 말을 믿을 수 없었다. 내 귀가 그때 다 나은 게 정말 맞을까? 아니면 그때 잘 치료받은 덕분에 소리에 예민해진 걸까? 어쩌면 모든 게 환청처럼 내 머릿속에서만 들리는 소리는 아닐까? 나는 귓불을 만지며 고민해 봤지만 뭐가 답인지 알 수 없었다.

"그때 네 아빠가 다리를 좀 다쳤어. 발목에 철심을 박았지."

엄마의 말에 사고가 나기 직전, 택시 뒷좌석에서 나를 안고 있었을 아빠의 모습이 머릿속에 그려졌다.

"아빠가 다친 게 나 때문이야…?"

엄마의 대답을 듣지 않아도 알 것 같았다. 차가 부딪친 순간 아빠는 나를 놓치지 않으려고 애쓰다 다리를 다쳤을 것이다. 발목에 박은 철심 때문에 아빠는 나와 함께 달리며 놀아 주지 못했다. 가게에서도 오래 서 있지 못하고 자주 앉아서 쉬어야 했다. 나는 그저 아빠가 일하기 싫어서 그러는 줄 알고 한심스럽게 생각했다. 나야말로 정말 바보였다.

그날 밤 나는 이불을 덮고 있어도 추위서 바들바들 떨었다. 엄마가 일을 나가서 다행이었다.

너의 북소리

"누군지 알겠어? 나 지금 경주야."

생각지도 못한 연락이었다. 한재가 버스 터미널에 있다는 연락을 해 왔을 때 나는 장난 전화인 줄 알았다. 하지만 한재는 와 보면 안다는 말만 하고 전화를 끊어 버렸다. 버스 터미널로 향하면서 한재를 다시 만날 생각에 마음이 들떴다. 고작 1년도 안 됐는데 훨씬 많은 시간이 지난 것 같았다. 그동안 너무 많은 일이 있었다.

나는 의자에 앉아 있는 한재를 한 번에 찾았다. 까치집이 되어 있는 뒷머리만으로 한눈에 알아볼 수 있었다. 내가 한재의 어깨를 잡자 한재는 반가운 표정으로 일어섰다. 오랜만이라 어색할 줄 알았던 내 걱정은 눈 녹듯 스르륵 사라졌다.

우리는 밥을 먹으면서 그동안 어떻게 지냈는지 대화를 나눴다. 한재는 밥을 다 먹고 바람이라도 쐬자며 강변 근처에 있는 공터로 향했다. 공터에는 우리 또래로 보이는 애들이 캐치볼을 하며 놀고 있었다.

"여기까지 어쩐 일이야?"

나는 한참을 망설인 끝에 겨우 용기를 냈다. 아직도 우리 사이에 있었던 일을 잊을 수 없었다. 한재와 싸운 기억은 잊고 싶어도 자꾸만 떠올랐다.

그런 날이 있다. 세상의 모든 불운이 나한테 온 것 같은 날이. 수업 시간마다 약속이나 한 듯 내 번호가 불렸고, 선생님 질문에 대답하지 못해 혼이 났다. 하루 종일 짜증이 났지만 왜 그런 기분이 드는지 알 수 없었다. 아니, 솔직히 말하면 어젯밤에 잠을 못 잔 탓이 컸다.

전날 밤 부모님은 새벽까지 계속 싸워 댔다. 벽이 얇은 탓에 안방에서 싸우는 소리로 집 안이 쩌렁쩌렁 울렸다. 커다란 스피커가 있는 방에서 볼륨을 최대치로 높이고 시끄러운 음악을 듣는 것 같았다. 나는 귓구멍을 손가락으로 세게 눌러 봤지만, 눈에 보이지 않는 소리를 막을 수는 없었다. 얼핏 잠이 들었다가 깨어나 보면 잠시의 휴식 뒤에 전쟁이 다시 시작되었다. 복싱 경기처럼 몇 라운드를 거듭하는 것 같았다.

나는 누군가에게 내 기분이나 상태에 대해 왜 그런지 일일이 설명하고 싶지 않았다. 나를 걱정하는 한재의 말에도 그저 신경질이 났다. 나에 대해 뭘 안다고 네가 잘난 척 지껄이나 싶었다.

'너 따위가 뭔데?'

이런 못된 마음도 솟아났다.

"시×, 니가 뭔 상관이야? 우리 집보다 더 노답인 집 새끼가…."

말을 내뱉는 순간 실수했다는 걸 깨달았다. 하지만 한번 내뱉은 말을 주워 담을 수는 없었다. 게다가 그럴 때는 꼭 미안하다고 하는 게 싸움에서 지는 것 같았다. 아니, 사과의 말을 떠올리는 것만으로도 민망하고 쑥스러웠다. 괜한 데서 쓸데없는 자존심을 내세우고 만 것이다.

나는 속으로는 뜨끔했지만, 겉으로는 한재에게 기죽지 않으려고 애쓰며 아무 말도 하지 않고 뻗댔다. 하지만 내 말에 상처받은 듯한 한재의 표정을 보자 바로 후회가 되었다. 사과하고 싶었지만 입이 떨어지지 않아 우물쭈물했다.

"됐다. 너 혼자 잘 살아라. 새끼야."

한재는 땅에 침을 뱉고는 뒤도 돌아보지 않고 가 버렸다.

"시×, 나도 됐어!"

한재를 붙잡지 못한 스스로에게 화가 나 욕을 하며 벽을 주먹으로 쳤다. 하지만 곧이어 느껴지는 아픔에 다른 손으로 주먹을 감싸 쥐며 소리 없는 비명을 질러야 했다. 나는 폴짝폴짝 뛰어다니다 결국 자리에 주저앉았다. 지나가는 애들이 그런 나를 보고 키득거렸다. 내가 생각해도 너무 바보 같아서 얼굴이 시뻘겋게 달아올랐다. 팔로 얼굴을 가린 채 생각했다. 한재네 집에 대해 그런 식으로 말한 건 분명히 내 잘못이었다.

딱 한 번 한재네 집에 간 적이 있다. 한재와 친구가 되고 집을 방문한 것은 그때가 처음이었다. 피시방에 갈 돈이 없어서 잠깐 들른 것이었다.

"이 새끼, 맨날 어디를 그렇게 빨빨거리고 돌아다니는 거야? 나이를 그렇게 처먹었으면 밥값은 해야 할 거 아냐?"

문을 열자마자 거칠고 사나운 말들이 폭탄처럼 쏟아졌다. 나는 현관에 발을 들이지도 못하고 멈칫거렸다. 한재는 귀가 새빨개져서 나를 돌아보고는 난처한 미소를 지었다. 나는 눈치껏 빠져야겠다고 생각하며 알아서 가겠다는 손짓을 했다.

"이 한심한 놈아, 현관에서 뭘 재수 없게 서성대는 거야?"

집에서 다시 큰 소리가 들려오자 한재는 미안하다는 입 모양을 하고는 서둘러 안으로 사라졌다. 나는 골목길을 나오며 몇 번이나 한재의 집을 돌아봤다. 한재가 잘 들어갔는지, 더 큰 소리가 나지는 않는지 걱정스러웠다. 한재의 아빠는 목소리가 굵고 걸걸했다. 그래서 한두 마디만 들어도 무섭게 느껴졌.

며칠 후에 한재는 자신의 가족 얘기를 해 주었다. 학교 앞 정류장에서 버스를 기다리고 있을 때였다. 종례가 늦어져서 정류장에는 우리밖에 없었다.

"난 할머니랑 살고 있어. 가끔 아빠가 집에 올 때가 있는데. 그럴 때마다 술 마시고 깽판을 쳐. 우리는 왜 보호자를 선택할 수 없는지 모르겠어."

나도 한재의 생각에 공감했다. 나를 키워 줄 보호자를 선택할 수 있었다면 난 지금의 부모님을 선택하지 않았을 것이다. 차라리 내게 부모님이 없었다면 어땠을까 싶은 날도 있었다.

"그래도 건설 현장에서 작업반장이라 돈은 많이 줘. 전국 곳곳으로 다니느라 집에는 잘 오지 않지만. 집에 가끔 오는 아저씨라고 생각하면 편해. 어제처럼 갑자기 집에 와 있으면 좀 놀라지만 말이야. 너도 어제 봐서 알겠지만 목소리가 엄청 크잖아. 귀가 아파서 얼얼하다니까."

한재의 목소리도 꽤 크다고 생각했지만 입 밖으로 내지는 않았다.

"우리 집도 부모님이 맨날 싸우는데 뭘. 싸우는 소리 때문에 집에 있기 싫어. 그래도 넌 용돈이라도 많이 받잖아. 난 아빠가 회사를 나오고 차린 가게가 잘 안돼서 용돈도 못 받아. 알바라도 하려고."

우리는 서로의 집 얘기를 하면서 동질감을 느꼈다. 누군가에게 집 얘기를 이렇게 솔직하게 하는 건 처음이었다. 우리는 이 일을 계기로 마음이 통하는 사이가 되었다. 그런데 그런 말을 해 버렸으니 내가 한재였어도 화가 날 만했다.

사실 처음에는 이 일을 심각하게 생각하지 않았다. 잠깐 화가 난 정도이니 시간이 지나면 한재의 기분이 풀릴 거라고 여겼다. 하지만 한재가 받은 상처는 내 생각처럼 가볍지 않았다.

그 일이 있고 나서 한재는 나를 투명 인간처럼 대했다. 복도에서 마주쳐도 내 얼굴을 쳐다보지 않고 지나쳤다. 그리고 얼마 후부터 모르는 애들이 나를 공격하기 시작했다. 나는 한재를 의심했다. 한재의 입김이 있었을 것이다. 그중의 한 명이 한재와 얘기하고 있는 걸 우연히 보게 되었다. 나는 한재가 기분이 나쁘다고 이렇게까지 할 줄은 몰랐다. 한재에게 화가 나서 따져 묻고 싶었다. 우리 사이가 언제 이렇게 멀어져 버린 건지 서운했다. 한재가 밉다가도 화해하고 싶어서 마음이 계속 왔다 갔다 했다.

"담임이 전화했더라. 네 소식을 아냐고. SNS도 봤어."

담임이 한재에게 내 소식을 전해 줄 거라고는 생각지 못했다. 우리가 친했다가 사이가 멀어진 걸 알고 있었다니. 마지막에 아무 말도 하지 않은 담임에게 서운해했던 게 미안해졌다.

"솔직히 네가 싫었어. 미워서 괴롭히고 싶을 정도로…."

"뭐? 내가 너한테 뭘 어쨌는데? 그때 내가 너한테 기분 나쁜 말을 해서 그래?"

나는 어이가 없어서 소리쳤다. 괴롭힘을 당한 건 나였는데.

한재는 아니라고 했지만, 한재의 입김이 없었다면 걔네들이 움직였을 리 없었다. 어떤 이유에서든 친구라고 생각했던 애가 나를 괴롭히는 데 앞장섰다는 사실은 나에게 큰 상처로 남았다.

"너, 그거 알고 있어? 내가 말할 때마다 너 얼굴 찡그리는 거."

"내가? 난 그런 적 없…."

"나도 몰랐는데 병원에 가서야 내가 크게 말하고 있다는 걸 알게 됐어. 난청 때문에 나와 다른 사람 목소리가 잘 안 들려서 그랬던 거야."

그때 병원에서 난청 진단을 받고 온 한재는 큰 충격을 받은 얼굴이었다. 지금까지 자신이 살아왔던 세계가 무너져 내린 듯했다. 절망에 빠진 한재를 위로할 말이 딱히 떠오르지 않았다.

한재는 처음 만났을 때부터 랩을 하겠다는 꿈을 품고 힙합에 빠져 있었다. 귀에서 이어폰이 빠질 때가 없을 정도로 음악에 미쳐 살았다. 하지만 소리를 너무 크게 들었던 게 문제였는지 갑자기 소음성 난청이라는 진단을 받게 되었다. 음악을 하고 싶어 했던 한재에게는 날벼락 같은 일이었을 것이다.

"이상하게 생각하기는 했어. 나는 전혀 안 들리는데, 넌 계속 무슨 소리가 들려서 괴롭다고 했잖아. 네가 나보다 이어폰을 더 꽂고 다녔는데…. 그럴 때 넌 힘들게 고백한 우리 집 얘기까지 들춰냈어."

"내가 일부러 그런 게 아니라, 나도 그때는…."

나는 당황하며 손을 빠르게 내저었다. 이제라도 미안하다고 사과하고 싶었다. 그때는 나도 내 마음을 감당하기가 힘들었다. 스스로가 재수 없고 지긋지긋했다. 부모님이나 학교나 세상 모든 게 싫었다. 왜 이런 세상에 태어나 고통받아야 하는지 괴로웠고, 옆에서 위로해 주는 한재의 말이 동정 같아서 짜증이 났다. 그렇다고 한재네 집을 진짜 그렇게 생각한 건 아니었다.

"그래. 알아. 누구나 힘들 때가 있잖아. 세상의 모든 걸 받아들이지 못할 때가. 너나 나나 그럴 때였던 거야. 그때는 나도 그냥 화풀이할 대상이 필요했을 뿐이야. 내가 뭐 때문에 꿈을 포기해야 하는지 스스로 납득하기 어려웠거든. 화풀이하지 않으면 도저히 감당할 수 없을 정도였어."

한재의 말을 이해할 수 있었다. 나도 똑같았다. 우리 집이 이렇게 된 이유를 찾아야 했다. 그러다가 그만 나와 가장 가까운 사람을 공격해 버리고 말았다. 가까운 만큼 소중한 사람에게 상처를 입히고 말았다.

"너 전학 가기 전에 너희 아버지가 나를 만나러 왔었어."

"뭐? 진짜로? 너를 어떻게 알고…."

아빠가 한재를 만나러 갔을 줄은 전혀 몰랐다. 전에 내 방에 들어와 한재의 이름을 꺼내기는 했지만. 아빠가 어떻게 한재의 연락처를 알아냈는지 궁금했다. 그러고 보니 이사 가기 며칠 전에 아빠가 내 방에 있었다. 그때 나는 짜증을 내며 아빠를 밖으로 내보내 버렸다. 내 핸드폰에서 한재의 연락처를 봤을 거라고는 생각도 못 했다. 휴대폰에 친구로 저장된 연락처는 한재밖에 없었을 테니 찾는 건 어렵지 않았을 것이다.

"전에 학폭위가 열려서 네 아버지가 오셨잖아. 그때 내가 따로 찾아뵙고 죄송하다고 했거든. 그때는 아직 너를 찾아갈 용기는 없어서…."

한재가 아빠를 찾아갔다는 사실에 놀랐다. 한재는 내게 그런 내색을 전혀 하지 않았다. 서로를 멀리하고 있을 때였지만 말이다.

"네가 많이 힘들어한다고 하셨어. 너를 위해 경주로 이사하게 됐다고. 너랑 멀어져도 연락 좀 자주 해서 힘이 되어 달라고 하셨어."

말문이 막혔다. 경주로 이사한 것이 나를 위한 일이었다니? 이해할 수 없었다. 경주로 내려온 것은 치킨 가게가 망해서였다. 나는 오고 싶지 않았지만 아빠의 사업 실패로 가족 모두가 고통을 감내해야 한다고 생각했다. 그런데 그게 아니라 나 때문이었다고?

"사실 너한테 사과하려고 온 거야…. 미안하다고…. 내 친구들이 널 그렇게 괴롭히고 있는 줄은 몰랐어. 친구라고 하는 것도 웃기지만."

"네가 친구들한테 시킨 게 아니었어? 나 괴롭히라고?"

얼굴에 열이 오를 정도로 흥분해 목소리가 높아졌다.

"처음에 네가 짜증 난다고 말한 건 맞아. 하지만 그게 괴롭힘으로 이어질 줄은 몰랐어. 이런 말도 화가 나겠지만 진짜야. 학교에 걸리고 나서야 알았어. 애들한테 왜 그랬냐고 물었는데, 도리어 걔들이 화를 내더라. 내가 걔들이랑 멀어지면서 너랑 친하게 지내는 게 맘에 안 들었대. 지금은 걔들하고 완전히 끝냈어. 나도 좀 싸웠거든. 질이 안 좋은 애들이라 병원 신세 좀 졌지만. 걔들한테 더는 휘둘리기 싫었어."

한재가 병원에 입원까지 했었다니. 내가 전학을 갈 때쯤에 한재를 보기 어려웠던 이유를 이제야 알 수 있었다. 그래도 한재를 향한 서운함은 풀리지 않았다.

"이게 그런 말 한두 마디로 끝낼 수 있는 일이야?"

나는 지금까지 이런 말도 안 되는 이유로 괴롭힘을 당한 게 어이가 없어 울분을 토했다. 걔들한테 불려 다니고 맞으면서 돈도 뺏겼다. 나를 도와줄 사람이 아무도 없어 절망스러웠다. 무엇보다 그 아이들 뒤에 있는 게 친구라고 생각했던 한재라서 더 괴로웠다.

"알아. 그래서 못 찾아왔던 거야."

"그럼 지금은 왜 찾아왔어? 내가 불쌍해서?"

한재의 말을 한껏 비꼬았다. 그러지 않으면 도저히 참을 수 없었다.

"널 괴롭힌 게 난데, 내가 널 보러 온다는 게 말이 안 되잖아. 그리고 나도 솔직히 너한테 화난 거 아직 안 풀렸어. 우리 집에 대해 심하게 말한 건 사실이잖아."

한재의 말에 나도 말문이 막히고 말았다.

"내가… 작년부터 북을 배우고 있거든. 이걸 치다 보니까 너를 볼까 말까 고민하는 게 바보같이 느껴졌어. 잘하든 못하든 지금 내가 할 수 있는 걸 하려고."

한재는 처음으로 내 눈을 똑바로 바라봤다. 한재를 많이 원망했지만 이렇게 다시 얘기를 나누고 싶었다는 걸 깨달았다. 한재가 나를 피하지 않고 찾아와 진심을 말해 주기를 바랐던 것이다.

"나도 그런 말을 한 거 미안해. 계속 사과하려고 했는데 입이 안 떨어졌어."

우리는 한동안 아무 말도 하지 않고 가만히 눈앞의 풍경만 바라봤다. 공터에서 애들이 싸우다가 다시 사이좋게 공을 주고받는 모습이 보였다. 그 둘의 모습이 꼭 우리 같았다. 바보같이 유치하게 싸우다가도 금세 화해하고 더 끈끈해지는 그런 관계를 나도 꿈꿨다. 하지만 우리의 깨진 관계가 다시 붙을 수 있을지는 미지수였다.

"이것 좀 볼래?"

한재가 휴대폰에 있는 영상 하나를 재생했다. 그 영상에서 한재는 여러 개의 북을 앞에 세워 두고 치기 시작했다. 느린 속도로 북을 두드리자 둥둥거리는 소리가 흘러나왔다. 한재의 어깨춤이 커질수록 북소리는 점점 빨라졌다. 그럴수록 내 심장의 고동 소리도 높아졌다. 심장 박동이 몸 전체로 퍼져 나갔다. 뱃속 깊은 곳에서 뭔가 근질근질한 게 밀고 올라왔다. 나는 마음이 벅차오르는 느낌에 입술을 살며시 물어야 했다.

"언제부터 북을 쳤어?"

"한 6개월 정도. 이건 모듬북이라는 건데. 집 가까이에 배우는 데가 생겨서 가 봤거든. 북을 치다 보면 아무 생각도 들지 않아서 좋아."

빼빼 마른 체형에 비해 한재가 내는 북소리는 묵직했다. 힘있게 내리누르는 듯한 소리를 듣다 보니 마음이 어느새 편안해졌다.

"이런 영상 더 있어?"

한재가 치는 북소리를 더 듣고 싶었다. 들을수록 아래에서부터 뜨거운 것이 올라왔다. 힘이 없을 때 들으면 좋을 것 같았다. 갑자기 엄마가 생각났다. 요즘 기운이 없는 엄마에게 이 북소리를 들려주고 싶었다.

마음의 메아리

새해가 밝았다. 날이 갈수록 여진은 조금씩 잦아들어 갔다. 사람들의 기억에서도 경주에서 무슨 일이 있었는지 점점 옅어졌다. 이미 많은 사람이 각자의 집으로 돌아가 피난소에 남은 사람이 얼마 없었다.

엄마와 나는 여전히 땅의 흔들림에 휘청거렸다. 우리는 각자의 방식으로 지진의 고통 속에서 몸부림치고 있었다. 엄마는 아직도 아빠의 죽음을 수습하느라 정신없이 바빴다. 나는 주민 센터나 은행, 보험 회사 등을 찾아다니는 엄마를 따라다녔다. 서류가 많고 복잡해서 옆에서 가만히 보기만 하는 나도 골치가 아플 정도였다.

나는 엄마를 기다리다가 구석 자리에 앉아 휴대폰을 꺼내 들었다. 연말과 새해가 지나자 으레 그렇듯 안부 문자가 많이 와 있었다. 대부분 내용이 비슷해서 하나하나 확인하기가 귀찮았다.

얼마 전에 유자에게서 새해에 복 많이 받으라는 문자를 받았다. 하지만 나는 유자에게 똑같은 문자를 할 수 없었다. 유자가 잠시나마 나를 생각해 줬다는 사실이 기뻤지만, 그날의 기억이 떠올라 망설여졌다. 그때 유자가 나를 두고 돌아서던 뒷모습이 가슴을 아프게 쿡쿡 쑤셨다. 더욱이 유자를 만나 작은 위로를 받는 것도 지금의 내게는 사치였다.

엄마는 내가 보기에도 위태로워 보였다. 엄마는 몇 달 새에 얼굴 살이 너무 많이 빠져서 폭삭 늙어 버렸다. 얼굴빛이 어두웠고 말수가 줄어들었으며 잘 웃지 않았다.

설날에 아빠가 잠들어 있는 봉안당으로 향했다. 봉안당에서 엄마는 아직도 아빠의 죽음이 믿기지 않는지 눈이 빨개질 정도로 울먹거렸다. 나는 그런 엄마의 얼굴을 보기 힘들어 봉안당을 나와 주변을 서성였다. 나도 아직도 악몽 속을 헤매고 있는 것 같았다. 그래도 엄마는 아빠를 보고 온 후 자주 밖으로 나가게 되었다.

나는 오랜만에 유자를 만나러 갔다. 유자가 고집스럽게 약속을 잡았다. 그것만으로도 서운했던 감정이 사르르 녹았다. '이 정도까지 하는데 내가 마음을 넓게 써야지.'라고 속으로만 큰소리치면서. 유자는 여진으로 흔들리는 세상에서 중심을 잡고 나를 지탱해 주는 존재였다.

유자는 추운 날씨에도 호수 근처에서 자리를 잡고 노래를 부르고 있었다. 유자의 목소리에 사람들이 하나둘 모여들었다. 여기서만 듣기에는 너무 아까운 목소리였다. 유자의 목소리는 사람을 따뜻하게 달래 주는 매력이 있었다. 그런 목소리를 가지고 있는 유자가 부러웠다. 내가 유자 같은 목소리로 노래 부를 수 있다면 엄마에게 힘이 되어 주고 슬픈 마음을 어루만져 줄 수 있을 것이다.

나는 기타를 치면서 노래하는 유자의 모습을 영상으로 찍었다. 유자의 노래가 끝나자 박수가 터져 나왔다. 유자는 인사를 하고는 기타 가방에 던져진 돈과 계좌번호가 적힌 팻말을 챙기면서 자리를 정리했다.

"뭐 해?"

내게 다가온 유자가 얼굴을 들이밀었다. 나는 유자의 노래 영상을 간단하게 편집해 유튜브에 올리고 있었다.

"이제는 나한테 말도 없이 올리는 거야?"

"누나, 잘되면 내 덕분인 거 잊지 마."

"가자. 배고프다."

유자는 아무 말도 못 들은 것처럼 기지개를 켜면서 앞서가 버렸다. 유자는 농담으로만 생각하지만 나는 유자의 매력이 세상에 알려지기까지 그리 멀지 않은 것 같았다. 유자의 목소리를 한번 듣게 된다면 나처럼 가만히 있을 수 없을 테니까.

"누나, 우리 밥 먹고 코노 갈까?"

우리는 떡볶이와 김밥을 먹고 코인 노래방으로 향했다. 오락실은 시끄러워서 싫었지만, 노래방은 유자의 노래를 온전히 들을 수 있다는 점에서 좋았다. 좁은 코인 노래방 안에서 유자의 숨소리가 뺨에 닿을 듯 가까워서 긴장되었다. 유자의 노래를 듣고 싶었는데 유자는 고개를 단호하게 저었다.

"오늘 또 부르라고? 됐어. 이번엔 네가 불러 봐. 넌 전부터 한 번도 안 부르더라."

난 노래 부르는 걸 별로 좋아하지 않았다. 유자가 없었다면 노래방에 올 생각도 안 했을 것이다. 목이 아프다는 유자에게 더 보챌 수도 없고 그냥 나갈 수도 없는 노릇이었다. 나는 할 수 없이 마이크를 잡았지만 요즘 노래는 하나도 몰랐다. 기억을 열심히 더듬어 전에 한재가 불렀던 노래 제목을 떠올렸다. 하지만 템포가 빠른 노래를 처음 불러 봤더니 완전히 엉망이었다.

"하하하. 노래 안 부르는 이유를 알겠네. 그래도 목소리는 좋으니까 계속해 봐."

유자의 웃음소리에 얼굴이 시뻘겋게 달아오르는 것 같았다. 그래도 유자가 좋다면 음정과 박자가 따로 놀아도 더 불러 주고 싶었다.

"이, 이제 그만 부를래."

다섯 곡을 연달아 불렀더니 목이 컬컬했다. 하도 아는 노래가 없어서 마지막 곡으로 예전에 아빠가 자주 불렀던 걸 선택했다.

내가 중학교에 들어간 기념으로 가족사진을 찍고 식사를 한 적이 있다. 그날 아빠는 삼겹살에 시원한 맥주를 마셨고 흥이 올랐는지 처음으로 가족 모두가 노래방에 갔다. 노래방에 가기 싫었던 나는 인상을 썼지만 이미 술에 취한 아빠 눈에는 보이지 않았다. 아빠는 마이크를 독점하다시피 하며 한 시간 동안 계속 노래를 불러 댔다.

그러던 아빠가 마지막이라며 부른 노래가 〈어느 60대 노부부 이야기〉였다. 그때는 갑자기 너무 가라앉는 노래를 부르는 게 아닌가 싶었다. 아빠 나이에 이런 노래를 부르냐며 나는 투덜거렸다. 하지만 엄마의 눈가가 촉촉해지는 걸 보면 부모님 사이에 뭔가 사연이 있는 노래인 것 같았다.

지금도 엄마는 가끔 혼자 있을 때면 작은 소리로 이 노래를 듣는다. 나는 결국 코끝이 찡해지는 느낌에 노래를 끝까지 부르지 못하고 꺼 버렸다.

"왜 꺼? 이건 그래도 들어 줄 만하던데."

나는 아무 대답도 못 하고 미소만 지었다.

"이제 집에 갈까?"

더는 못난 모습을 보이고 싶지 않았다.

"너 무슨 일 있어? SNS에서 봤어. 멀리서 찍은 장례식장 사진이 있던데."

　나는 아닌 척했지만 누군가 알아주길 바라는 마음이 늘 한편에 있었다. 볼 사람이 없는데도 SNS에 장례식장 사진을 올렸다는 걸 유자의 말에 깨달았다. 말하지 않아도 날 위로해 주는 사람이 있기를 바랐던 것 같다. 모순이었다. 우리에게 아무 말 하지 않았던 아빠도 나와 같은 마음이었을지 모른다. 아빠도 우리가 알아주길 원했을 것이다. 나는 그런 아빠를 밀어 내기만 했다. 내 인생에서 완전히.

　"나쁜 일들이 계속 일어나. 무서울 정도로…."

　유자에게 다 말하고 싶었지만 입에 담는 것조차 무서웠다. 괜히 또 안 좋은 일이 일어날까 봐 미칠 것 같았다.

　"내가 완전히 겁쟁이가 됐어."

　나는 유자를 쳐다보지도 못하고 말했다. 내게 일어난 일을 아직 누군가에게 얘기할 준비가 되어 있지 않았다. 말하는 순간 여기서 벗어날 수 없음을 깨닫게 될 것 같았다. 아직 모든 게 거짓말이라 믿고 싶었다.

　"나는 사실 보육원에서 자랐어…. 성인이 됐다고 시설에서 나가래. 자립수당을 주는데 그걸로 생활하기에는 한참 모자라. 내 처지에서는 솔직히 그런 너라도 좀 부러워."

　"누… 누나…."

　"그래도 내게는 노래가 있어서 정말 다행이야. 음악은 치료제 같거든. 노래를 부를 때는 다 잊어버릴 수 있어."
    유자의 꿈꾸는 듯한 눈빛은 허공을 맴돌았다. 나는 그런 유자의 눈빛이 부러웠다. 몰입할 무언가가 있다는 것이.

드디어 우리 집으로

 나는 피난소에서 할 일 없이 SNS를 하거나 유튜브를 보며 시간을 보냈다. 애들이 SNS에 실시간으로 올리는 사진들을 보는 게 괴롭긴 했다. 가족들과 같이 여행을 가거나 맛있는 음식을 먹는 모습을 볼 때마다 심술이 났다. 평범한 사진 속 세계와 먼 나의 현실이 더욱 확실하게 비교되는 것 같았다.

 나는 텐트에 누워서 눈을 감아 버렸다. 그러다 결국 사방에서 들리는 소리를 못 참고 밖으로 나갔다. 체육관 관람석의 제일 뒤로 올라가 앉았다. 휴대폰을 살펴보다가 아빠가 남긴 음성 메시지를 보게 되었다. 한참을 고민한 끝에 아빠의 목소리를 다시 들어 볼 용기를 냈다. 많이 늦었지만 이제는 아빠를 똑바로 마주하고 싶었다.

—미안하다. 모두 내가 부족한 탓이야…. 재우야, 할머니랑 엄마를 잘 부탁한다.

음성 메시지를 틀자마자 눈물이 왈칵 쏟아졌다. 목소리만으로 아빠가 그리웠다. 아빠에게 계속 화를 내며 외면해 왔던 게 생각나 마음이 아팠다. 나는 왜 아빠에게 힘이 되어 주지 못했을까? 한마디 위로라도 해 주면 좋았을 텐데.

하루 종일 음성 메시지를 듣다 보니 뭔가가 자꾸 들렸다. 처음에는 아빠 목소리에 빠져 다른 건 들리지 않았다. 아빠를 잃은 슬픔이 너무나 커서 다른 걸 들을 생각조차 하지 못했다. 그런데 아빠의 목소리 너머에 숨겨진 소리가 있는 것 같았다.

아빠의 목소리 아래에 깔린 뭔가를 듣기 위해 음성 메시지를 분석해 보기로 했다. 소리를 분석할 수 있는 앱을 깐 뒤, 가장 확실하게 구분되는 아빠 목소리의 볼륨을 낮췄다. 수정한 파일을 눈을 감고 몇 번이나 들었다. 그러자 그 밑에 깔린 소리들이 조금씩 들렸다. 지금까지 살면서 여러 소리를 예민하게 받아들이고 들어 왔던 게 이럴 때 도움이 되었다.

—여기는… 오면… 사야… 기념… 사세요….

바람에 풀이 흔들리는 소리 너머로 여러 사람의 목소리가 띄

엄띠엄 들렸다. 마이크에 대고 말하는 것처럼 울리기도 했고 어린아이가 소리치는 것도 같았다. 나는 해가 지는 것도 모르고 그 소리의 세계에 완전히 빠져들었다. 그러다 까만 밤하늘에 번개가 친 것처럼 머릿속이 번뜩였다. 미세하지만 아주 중요한 소리 하나를 잡아냈다. 뭔가가 연주되는 듯한 멜로디였다. 그 멜로디는 들릴 듯 말 듯 끊어져 있었는데 무슨 노래인지는 몰라도 무엇으로 연주되는지는 알 것 같았다. 분명히 아는 악기인데 생각이 잘 나지 않아서 답답했다.

"이거 어디서 들어 본 건데…."

내가 골똘히 생각에 잠겨 있을 때 톡이 왔다.

어딨니? 밥 먹자.

엄마의 문자에 그제야 배가 꼬르륵거렸다. 이렇게 배고픈 것도 잊고 뭔가에 빠져든 건 처음 있는 일이었다.

"아휴, 무슨 생각을 해? 지금은 밥 먹는 것에 집중하자. 응?"

엄마가 숟가락으로 밥그릇을 탕탕 두드렸다. 나는 그냥 좀 내버려두라며 투덜거렸다.

"그래. 몇 달째 편하게 잠도 못 자는데 밥맛이 있는 게 이상하지. 그래도 꼭꼭 씹어서 더 먹어. 알겠지? 난 세탁기에 옷 좀 돌리고 올 테니까. 이게 뭐야…? 빨랫감은 여기에 내놓으라니까 가방에 다 쑤셔 박아 놨어?"

 엄마의 잔소리가 시작되었지만, 귀에 투명한 막이라도 씌운 듯 거의 들리지 않았다. 나는 머릿속을 맴도는 멜로디에 집중했다. 엄마는 가방에서 옷 무더기를 꺼냈다. 그때 뭔가가 바닥에 둔탁하게 부딪치는 소리가 났다. 가방에 있던 물건이 옷가지에 걸려 밖으로 떨어진 모양이었다. 동시에 줄을 띵띵 퉁기는 듯한 소리가 들리기 시작했다. 친숙한 소리에 돌아보다가 무릎을 탁 쳤다.

 "그래. 이거야!"

 나는 밥상을 밀어 버리고 소리가 난 곳으로 향했다. 거기엔 머릿속을 가득 채우던 멜로디와 비슷한 소리를 내는 물건이 있었다. 바로 옆에 붙은 태엽을 돌리면 음악이 나오는 오르골이었다. 나는 입안에 있는 밥을 씹어 먹을 생각도 못 하고 오르골만 쳐다봤다.

 "재우야, 왜 그래? 무슨 일이야? 이게 깨져서 그런 거야?"

 옆에서 멍하게 서 있는 나를 걱정하는 엄마의 말이 들렸다. 눈물이 차올랐지만, 엄마 앞에서 울 수는 없었다.

 "아, 아냐. 아무 일도 아니니까 빨래하러 가."

 등을 떠밀어 엄마를 텐트 밖으로 내보냈다. 텐트에 혼자 남은 나는 오르골 옆에 있는 태엽을 끝까지 돌렸다. 오르골 위에 있는 첨성대가 빛을 내며 돌아가기 시작했다. 그러자 가야금으로 연주한 전통곡이 흘러나왔다. 음성 메시지에서 들었던 그 멜로디와 너무나 비슷했다. 떨리는 손으로 휴대폰을 꺼내 음성 메시지를 재생하며 그곳에 갔을 때를 떠올렸다. 나는 아빠의 음성 메시지와 오르골을 계속 번갈아 듣다가 밖으로 나가 사람이 없는 곳을 찾아다녔다. 낮에 올랐던 산을 한 번에 달려 올라왔더니 숨이 가빠 왔다. 그제야 참았던 눈물이 터져 나왔다. 아무리 소리를 질러도 숨이 막혀 죽을 것 같았다.

우리는 드디어 텐트 생활을 끝내고 할머니 집으로 돌아갔다. 나라에서 나온 보조금에 엄마 돈을 보태 보수 공사를 끝마친 후에야 겨우 돌아온 집이었다. 오랫동안 텐트에서 지냈더니 어디라도 들어갈 집이 있다는 것이 감사했다.

멍멍. 멍멍. 멍멍멍.

땡이도 우리가 완전히 돌아왔다는 걸 알았는지 반가워서 이리저리 뛰어다니며 짖었다. 땡이가 마당에서 우리를 반겨 주는 모습에 집에 왔다는 실감이 들었다.

집에 와서 가장 먼저 한 일은 햇빛이 들어오는 거실에서 마당을 보는 것이었다. 앙상한 가지에서 잎들이 새록새록 돋아나 봄이 성큼 다가왔다는 게 느껴졌다. 집에서 바깥 풍경을 볼 수 있다는 사실이 이렇게 마음 든든한 일인 줄 몰랐다. 처음에는 마당에 개미나 모기 같은 벌레가 많다며 투덜거리기만 했다. 지금은 마당에서 가족끼리 더 많은 추억을 만들지 못한 것이 못내 아쉬웠다. 땡이가 와서 내 손을 핥았다. 오랜만에 주변을 산책하고 돌아왔다. 그 시간이 무척 소중하게 느껴졌다.

나는 해가 기우는 모습을 뒤로하고 내 방으로 들어가 빵빵한 가방을 풀었다. 옷 몇 벌과 수첩, 휴대폰 충전기, 문제집, 필통 따위가 들어 있었다. 나는 가방 안쪽에서 오르골을 꺼내 들었다. 도저히 보고 있을 수 없어 가장 깊숙한 곳에 처박아 둔 것이었다. 한동안 후회에 빠져 지냈다. 그날, 할머니 곁에서 음성 메시지를 더 열심히 들었더라면 뭔가 달라졌을지도 모른다. 아빠를 조금 더 빨리 발견했다면 살릴 수 있지 않았을까? 이런 생각이 자꾸만 머릿속을 맴돌았다. 모두 내 탓인 것만 같았다.

나는 엄마의 눈을 똑바로 바라볼 수 없었다. 내가 엄마를 불행하게 만든 것 같았다. 엄마는 다시 마트로 나가 일하기 시작했다. 집에 돌아왔는데도 엄마의 얼굴은 점점 더 흙빛처럼 변해 갔다. 늘 밤늦게 들어와 방에 축 늘어진 채 잠들었다. 나는 그런 엄마를 볼 때마다 정말 살아 있는 건지 코에 손을 대 보고 싶었다.

엄마는 아빠의 장례식 이후로 시간을 잊어버린 것 같았다. 매일 일하러 나가기는 했지만 집에서는 아무 의욕 없이 잠만 잤다. 나는 차마 엄마에게 밥을 달라고 할 수 없었다. 그래서 혼자 라면을 끓여 먹거나 분식집에서 먹을 것을 사 왔다. 엄마에게 밥을 차려 줘도 한두 입 먹으면 끝이었다. 더 먹으라고 말해도 엄마의 눈에는 초점이 없었다.

나는 불안해졌다. 엄마도 아빠를 따라가지는 않을까 걱정되어 엄마의 모든 움직임에 귀를 기울였다. 엄마가 부스럭거리며 가방을 내려놓는 소리, 컵을 달그락거리며 씻는 소리, 화장실 문을 여는 소리에 집중했다. 나는 숨소리조차 죽이고 모든 신경을 한곳에 모았다. 엄마의 들썩거리는 숨소리와 심장 뛰는 소리까지 들릴 정도로.

엄마가 그럴수록 나는 할머니가 생각났다. 할머니가 있다면 엄마가 힘을 내지 않을까 싶었다. 외할머니는 내가 태어나기 전부터 안 계셨다. 엄마가 어릴 때 돌아가셨다고 했다. 그래서인지 엄마는 친할머니에게 의지하는 모습을 보였다. 할머니를 편하게 '엄마'라고 부를 정도였다. 할머니도 그만큼 엄마에게 마음을 써 주고는 했다.

"네가 고생이 많다."

경주에 내려왔을 때 할머니는 엄마의 손을 잡고 토닥거리며 말했다.

"엄마, 걱정하지 마요. 재우 아빠랑 열심히 벌면 되죠. 엄마가 밥도 해 주고 재우를 챙겨 주니까 제가 얼마나 편하고 좋은데요."

아빠랑 싸워서 집 안에 냉랭한 분위기가 흐를 때도 엄마는 할머니에게만은 웃어 보였다.

마당 텃밭에서 쪼그려 앉아 잡초를 뽑던 할머니의 굽은 등이 보일 듯했다. 새벽같이 일어나 주방에서 냄비를 달그락거리며 아침을 준비하던 할머니의 모습도 떠올랐다. 그때는 그 소리가 왜 그렇게 듣기 싫었을까? 서울에 있을 때 아침과 달라서 그랬을까? 지금은 그저 할머니의 빈자리가 너무나 크게 느껴졌다.

며칠이 지나고 엄마가 나를 붙잡고 말했다.

"재우야, 할머니를 집으로 모셔 올까 하는데 어때?"

내가 뭐라고 대답하기도 전에 엄마가 이어서 말했다.

"네가 싫어할 거 아는데. 솔직히 요양원 비용이 좀 부담스러운 것도 있어. 그리고 할머니가 계속 집에 오고 싶어 하셔. 근데 문제는…."

엄마가 말을 멈추고 나를 빤히 바라봤다. 나도 모르게 마른침을 꿀꺽 삼켰다.

"할머니가 전처럼 너를 챙겨 주지는 못할 거야…. 오히려 네가 할머니를 보살필 일이 생길지 몰라. 내가 전보다 더 많이 신경 쓰겠지만 말이야. 괜찮아?"

나는 엄마의 말을 곱씹어 보았다. 엄마에게 내가 애냐고, 밥은 알아서 챙겨 먹겠다고 얘기하려다 멈칫했다. 내가 할머니를 보살핀다는 말이 어쩐지 잘 실감이 되지 않았다.

"이젠 어쩔 수 없어. 이번 주 토요일에 할머니를 집으로 모시고 올 거야. 집에서 마음 추스르시는 게 훨씬 낫겠지."

나는 엄마에게 고개를 끄덕였다.

"오늘 할머니 모시러 가자."

토요일에 우리는 할머니를 데리러 가기 위해 요양원으로 향했다. 몇 주 되지 않은 것 같은데 그사이에 할머니가 많이 늙어 버린 것 같아 놀랐다. 힘없이 움직이는 할머니를 부축하는데 입맛이 쓰디썼다.

집으로 돌아온 할머니는 방에서 며칠 내내 잠만 잤다. 엄마가 걱정돼서 병원에 다시 가 보자고 할 정도였다. 할머니는 그제야 자리에서 일어나 밥을 먹고 마당을 돌아다녔다.

"아직 날이 추워서 다행이제. 잡풀 정리할 게 적어서 좋구만."

할머니는 호미를 잡고 땅을 뒤엎어 풀을 뽑았다. 마당은 며칠 사이에 깔끔하게 정리됐다.

"할머니, 저도 같이해요."

나도 곁에서 할머니를 도왔다. 뽑아 놓은 잡풀을 담벼락 밑에다 모아 놓았다. 옆에서 땡이가 우리를 따라 신나게 땅을 파며 돌아다녔다.

"할머니, 밥 먹어요."

저녁이 되면 밥상을 차리는 할머니를 도왔다. 냉장고에서 엄마가 만들어 놓은 반찬을 꺼내고 식탁에 수저를 놓았다. 손맛 좋은 할머니는 언제 만들었는지 된장찌개를 퍼서 내게 내밀었다.

할머니는 여전히 내가 먹는 모습을 가만히 지켜볼 때가 많았다.

"할머니도 드세요."

할머니는 그제야 고개를 끄덕이며 숟가락을 들고 국을 떠먹었다.

"이제 들어가세요. 제가 정리할게요."

등을 구부리고 설거지를 하려는 할머니를 억지로 방으로 들여보냈다. 괜찮다면서 다시 나오려고 하는 할머니를 말리느라 진땀을 빼야 했다. 설거지를 다 마치고 보니 할머니는 TV를 켜 놓고 단잠에 들어 있었다. 나는 조용히 TV를 끄고 내 방으로 들어갔다.

아빠가 남긴 것

나는 아빠가 일했던 택시 회사를 찾아갔다. 회사 앞에는 넓은 마당이 있어서 택시가 몇 대 주차되어 있었고 다른 한쪽에서는 차를 정비하고 있었다. 주변을 오고 가는 사람들이 나를 힐끔거리며 지나갔다. 장례식이 끝나고 몇 달이 지나도록 회사에 아빠의 짐이 남아 있으리라고는 생각하지 못했다. 회사에서 엄마에게 짐을 찾아가라고 연락이 온 모양이었다.

"네가 좀 다녀올래?"

엄마는 일 때문에 바쁘다고는 했지만, 아직도 아빠와 관련된 일을 멀리하고 싶은 것 같았다. 나는 슬픔으로부터 엄마를 지켜 주고 싶었다.

사무실에 들어가 왜 왔는지 말하니 안내해 주는 사람이 아래쪽에서 작은 상자 하나를 건네주었다.

"이게 다인가요?"

"버리려다가 그래도 챙겨 놓은 건데. 왜? 필요 없어?"

사무실 직원은 내가 귀찮다는 듯이 쳐다봤다.

"아, 아뇨. 가져갈 거예요."

나는 상자를 버릴 듯이 움직이는 직원을 말렸다. 조금은 다른 그림을 상상했다. 짧은 시간이었지만 그래도 이곳에서 일하다 죽은 아빠를 누군가 기억해 주고 따뜻하게 말이라도 걸어 주지 않을까 싶었다. 하지만 내게 말을 거는 사람은 없었다. 멀찍이 떨어져서 나를 쳐다보며 자기들끼리 귓속말을 하기는 했지만. 뭔가 기분 좋은 눈길은 아니라서 가다가 몇 번이나 뒤를 돌아봤다.

근처 정류장에 도착해서 버스를 기다렸다. 버스가 도착하는 시간을 확인하다가 갑자기 화장실에 가고 싶어졌다. 집까지 참기엔 거리가 꽤 있어서 회사로 돌아가 화장실에 갔다 오기로 했다. 화장실에 있는데 열어 놓은 창으로 바깥 소리가 들려왔다.

"아까 공 씨 아들이었어?"

"응. 짐 가지러 왔대."

"쯧쯧. 안됐네. 그러게 왜 아픈 다리로 택시 일을 해?"

"그러게 말이야. 사납금* 좀 못 채운다고 위에서 쪼면 그만두고 다른 일을 하면 되잖아."

"고작 그런 일로 괴로워서 죽으면 되겠어? 남은 사람만 불쌍

---

* 회사 택시를 모는 기사들이 그 대가로 회사에 내는 일정 금액의 돈.

하지."

"회사는 소송이라도 들어올까 봐 걱정이더구먼. 젠장. 사는 게 뭔지…."

"요새 사람들은 잘 못 견딘다니까. 나약해."

어떤 아저씨들이 두런두런 말을 주고받는 소리였다. 나는 가만히 듣다가 변기를 가로막은 문을 발로 쾅 차 버렸다. 밖에서 더는 아무 소리도 들리지 않았다. 나는 누가 쫓아오기라도 하는 것처럼 정신없이 화장실 밖으로 뛰쳐나갔다.

나는 정류장 의자에 앉아 버스가 지나가는 것도 모르고 거친 숨을 몰아쉬었다. 우리 아빠가 나약한가? 책임감 없는 건가? 무엇이 맞고 틀리든 다른 사람이 그런 말을 하는 건 듣기 싫었다. 아빠가 왜 저런 말을 들어야 하는 거야? 왜? 버스를 타고 오는 내내 질문은 끊임없이 이어졌다.

집에 돌아와서 아빠의 물건이 담긴 상자를 열어 봤다. 작은 상자에 겉옷으로 입는 바람막이와 택시 운전자격증, 물티슈, 치킨 쿠폰 등이 들어 있었다.

"대체 여기까지 와서 이런 건 왜 모으고 있었대?"

치킨이라면 이미 질려 버렸을 줄 알았다. 집에서는 먹은 적이 없으니 회사에서 치킨을 시켜 먹었을 것이다. 이렇게 쿠폰까지 고이 모으고 있었다니. 어이가 없어서 픽 웃고 말았다.

"이제 이걸 어떻게 한담…."

장례식 후에 아빠의 물건은 아직 그대로 집에 남아 있었다. 집으로 바로 오지 못하고 피난소에서 지낸 탓도 있었지만, 아직 물건을 정리할 마음의 여유가 없었다. 다른 곳으로 이사를 하기 위해서가 아니라 오로지 버리기 위해 상자에 물건을 싸는 일은 쉽지 않았다. 나중에 엄마의 마음이 괜찮아지면 그때 한꺼번에 처리하는 게 좋을 듯싶었다. 나는 물건을 안방으로 가지고 가서 장롱에 넣어 놓기로 했다.

"이게 뭐지?"

장롱을 열었더니 그 안에 또 다른 상자가 보였다. 뚜껑을 열자 투명 비닐 안에 아빠의 물건들이 들어 있었다. 반팔 티와 바지, 담배와 라이터, 안경 그리고 휴대폰이었다. 나는 아빠의 휴대폰을 꺼내 들었다. 지진이 났던 날에 아빠가 내게 전화했던 게 떠올랐다. 그때 아빠는 내게 무슨 말을 하려고 했을까?

아빠의 통화 목록을 확인했다. 그날 저녁에 아빠는 할머니와 엄마에게 차례로 전화를 걸었다. 그리고 가장 마지막에 전화를 건 사람이 바로 나였다. 깊은 한숨을 내쉬었다. 그때 아빠의 전화를 받았다면…. 후회는 끝이 없었다. 그날 아빠는 그 누구와도 통화하지 못했다. 나는 아빠의 문자와 톡 메시지를 확인했다. 그러다가 녹음 파일을 발견했다. 아빠는 일기처럼 하루하루 자신의 목소리를 녹음해 놓았다.

그때 엄마가 집에 돌아왔다. 우리는 할머니가 방에서 주무시는 걸 확인하고 녹음 파일을 틀었다.

―재우야, 못난 아빠라 미안하다. 어머니, 이 불효자식을 용서하세요. 여보, 엄마랑 재우를 잘 부탁해. 도저히 참을 수 없었어. 모든 걸 떠맡기고 떠나서 정말 미안해.

아빠가 짧막하게 남긴 말들을 들으면서 엄마는 그동안 참아 왔던 눈물을 흘렸다. 장례식 후에 엄마가 내 앞에서 이렇게 많은 눈물을 흘린 건 처음이었다. 항상 깊은 밤이나 내가 없을 때 우는 것 같았다. 엄마는 언제나 내 앞에서 강한 모습만을 보여 주고 싶어 했다.

"다, 다른 건 없었어?"

엄마에게 다른 녹음 파일을 열어 들려줬다. 그동안 아빠가 혼자 얼마나 힘들어했는지 알 수 있었다. 아빠의 지치고 아픈 마음이 고스란히 전해졌다.

―오늘도 다리가 아프다. 내일 비가 온다는 말은 없지만 뉴스보다 내 다리가 더 정확하다. 재우는 오늘도 날 쳐다보지 않고 밖으로 나가 버렸다. 재우 마음을 어떻게 돌릴까?

―재우 엄마를 고생만 시키는 것 같아 미안하다. 왜 하는 일마다 잘되

지 않을까? 이런 결과를 바란 건 아니었는데. 정말 사는 게 어렵다.

— 어머니가 앓는 소리를 들어도 할 수 있는 일이 없다. 어쩌다 이런 불효자가 되었는지 모르겠다. 이런 걸 꿈꾸지 않았는데. 가족들과 행복하게 살고 싶었는데….

아빠는 하루에 있었던 일과 생각을 얘기했다. 특히, 나를 관찰한 내용이 많았다. 내 얼굴 표정과 행동, 몸짓에 대해서. 눈썹을 찡그리면 어디가 아프지는 않은지, 밥은 잘 먹고 다니는지 걱정했다. 엄마는 그날 아빠가 남긴 녹음 파일들을 밤새도록 들었다.

유자가 부르는 노래를 듣고 싶었다. 요동치는 내 마음을 달래 줄 수 있는 건 유자밖에 없었다. 나도 내가 왜 유자의 목소리에서 위로를 받는지 이해할 수 없었다. 세상의 거의 모든 소리를 시끄러운 소음이라 생각했으면서 말이다. 유자의 목소리를 떠올리는 것만으로도 어둠으로 끌려가는 마음을 멈출 수 있었다.

유자는 오늘도 호수 공원에서 기타를 치고 있었다. 넓은 호수를 바라보며 기타를 튕기는 유자는 혼자 다른 공간에 존재하는 것 같았다. 유자는 내가 온 것도 모르고 눈앞에 세워 둔 악보를 보면서 연습을 하고 있었다. 나는 유자를 놀려 주려고 조심스럽게 가까이 다가갔다. 그러다 악보를 넘기는 유자의 손을 보게 되었다.

"누나, 이게 뭐야?"

나는 유자의 손목을 잡아챘다. 유자는 깜짝 놀라 눈을 동그랗게 떴다. 자세히 보니 유자의 손목 안쪽에는 붉은 흉터가 희미하게 남아 있었다. 칼로 손목을 그어서 생긴 흉터 같았다. 유자가 날카롭게 소리쳤다.

"이거 놔. 아무것도 아니니까."

"어떻게 가만히 있어? 뭐가 그렇게 힘든 거야? 누나 괴롭히는 놈 말해."

"별거 아니니까. 상관하지 마."

유자에게 아빠의 모습이 겹쳐 보였다. 아빠가 죽고 엄마는 늘 우울했다. 나는 뉴스에서 우울증으로 자살한 사람들의 소식을 들을 때마다 심장이 덜컥 내려앉는 것 같았다. 그럴 때면 나는 마른침을 꿀꺽 삼키며 엄마의 상태를 살폈다. 나는 엄마를 뒤에서 지켜볼 수밖에 없었다. 엄마에게 내가 있다는 사실을 알아주길 바라면서.

나는 유자에게 어떤 도움도 되지 못했다. 그저 이렇게 있을 수밖에 없는 자신이 무력하게 느껴졌다. 대체 내가 뭘 할 수 있을까? 아빠도 우리를 보면서 이런 마음이었을까?

"젠장. 나도 다 포기하고 싶다고…."

나도 모르게 나온 혼잣말에 유자의 눈치를 보며 손바닥으로 입을 막았다. 그저 답답한 마음을 풀고 싶었을 뿐이었다.

"누나, 다시는 이런 짓 하지 마. 제발…."

손바닥으로 얼굴을 문지르며 간절하게 말했다. 아빠에게는 하지 못한 말이었다. 말할 기회가 있었다면 아빠를 살릴 수 있었을까? 후회가 파도처럼 밀려들어 왔다. 시간을 되돌릴 수 없는 것처럼 아빠의 죽음은 되돌릴 수 없었다.

유자가 아무 말도 없이 기타를 튕겼다. 그리고 청아한 목소리로 노래를 부르기 시작했다. 나직하게 읊조리면서 뱉는 목소리가 내 마음을 어루만지는 것 같았다. 유자의 목소리는 바람과 같아서 보이지 않아도 나를 쓰다듬고 지나갔다.

바다에 피는 꽃은 항상 물결에 흔들려
너는 어디를 헤매고 있을까? 너를 찾아
머나먼 바다 저 멀리 너를 찾아
겨울 눈이 내리다 녹아 사라진다 해도
바다에 뿌려진 눈꽃의 씨앗은
활짝 피어날 거야 그 꽃을 찾아
바다가 태풍에 휩쓸려도 씨앗은 멀리
더 멀리 물결 따라 퍼지며 너를 찾아
검은 밤바다에서 숨 쉬는 빛을 찾아
너는 비로소 등대를 찾았네

유자의 노래를 들으며 아빠의 마지막 모습을 떠올렸다. 그게 왜 하필 아빠가 화장터에 들어가던 모습인지 모르겠지만. 유자의 노랫말처럼 검은 밤바다에서 한 줄기 빛을 찾아 헤매는 것 같았다. 갑자기 눈물이 핑 돌고 코끝이 찡해지는 게 창피했다. 자리를 박차고 일어나 호수 가까이 다가갔다. 햇빛을 받아 반짝거리는 물결에 눈이 부셨다. 유자의 목소리는 내 마음을 살아 있게 만드는 마법을 부렸다. 신기한 일이었다. 이대로 계속 듣고 싶었다.

유자의 노래가 끝나고 잠깐의 휴식 시간이 생겼다. 유자에게 시원한 물을 건네며 물었다.

"누나가 이 노래 만들었어? 제목이 뭐야?"

"바다꽃."

유자는 고맙다며 물을 한 모금 마시고는 곧바로 다음 노래를 준비했다. 나는 뒤로 물러나 노래에 집중하는 유자를 눈에 담았다. 유자의 그림자가 점점 커지는 느낌이 들었다. 유자는 어릴 때부터 혼자였다. 그럼에도 꿋꿋하게 살아온 유자가 대단해 보였다. 유자는 앞으로도 어떤 어려움이 닥치든 굴하지 않고 헤쳐 나갈 것 같았다.

우울해하는 엄마가 나처럼 위로를 받을 무언가가 있다면 좋겠다는 생각이 들었다. 내게는 유자의 목소리가 있는 것처럼. 무엇이 엄마에게 위로가 되어 줄 수 있을까 고민했다.

마음을 울리는 소리

나는 아빠를 밀어 내던 순간들을 아직도 선명하게 기억한다. 아빠는 그 틈바구니에서 돈을 벌기 위해 힘들게 버텼을 것이다. 그런 아빠를 외면하고 무시했던 순간들이 너무나 후회스럽게 다가왔다. 다시 시간을 되돌릴 방법이 있다면 무슨 짓이라도 할 수 있을 것 같았다.

엄마는 일하고 와서도 집에서 인터넷으로 여러 가지를 알아보고 공부를 하기 시작했다. 고등학생인 나보다 더 열심히여서 모처럼 집에는 활기가 도는 하루하루였다. 엄마가 뭔가에 이렇게 열중하는 모습은 처음이었다.

"재우야, 이리 와 봐. 할 얘기가 있으니까."

고등학교 입학식 전날 밤에 엄마가 나를 불렀다. 나는 거실 소파에 앉아 엄마가 무슨 말을 할지 기다렸다. 오랜만에 엄마와 얼굴을 마주 보고 앉은 것 같았다.

작년에 경주로 이사 온 날 이곳에서 가족 모두가 둘러앉아 짜장면을 시켜 먹었다. 아빠가 이사한 날에는 짜장면이라고 말하는 목소리가 들리는 듯했다. 그게 아주 오래된 일처럼 느껴졌다. 고작 1년도 안 되는 사이에 내 인생은 너무나 많이 달라져 버렸다. 이런 모습이 될 거라고는 결코 상상조차 하지 못했다. 아빠 없이 남은 인생을 살아가야 한다니, 갑자기 눈앞이 캄캄해졌다.

"아들, 엄마가 이제 많이 바빠질 거야. 아빠가 남긴 녹음 파일을 다 들었어. 몇 번이나 반복해서 들었어. 아직은 그걸 너한테 다 들려줄 수는 없을 것 같아…. 엄마는 듣다 보니, 네 아빠가 이해되기 시작했어. 아빠의 선택을 무조건 잘했다고 할 수는 없어. 아빠를 다시 만나면 엄청 화를 낼 거야. 그래도 아빠가 우리를 위해서 얼마나 열심히 살려고 했는지는 알겠어. 그게 맘처럼 잘되지 않아서 더 힘들어했던 것 같아. 그걸 이해해 주지 못하고 보듬어 주지 못한 게 미안하지만, 우리가 언제까지 아빠한테 그런 감정만 가지고 있을 수는 없잖아. 너도 그렇지?"

나는 엄마를 바라보며 고개를 작게 끄덕였다.

"우리와 비슷한 일을 겪은 사람들끼리 만나는 모임이 있더라. 엄마가 몇 번 가 봤는데 잠깐 얘기를 나눈 것만으로 큰 힘이 됐어. 같은 일을 겪은 사람들이어서 위로가 되더라. 그 모임에 더 나가 보려고 해. 너도 가서 편하게 상담을 받아 볼 수 있는데. 어때?"

그 덕분일까? 엄마의 얼굴이 전보다 편안해 보였다.

"필요하면 얘기할게."

"그래. 좋아."

엄마는 몇 번이나 고개를 끄덕였다. 그리고 내 손을 잡아 쓰다듬었다. 나는 엄마의 걱정스러운 눈길을 내가 아직도 어린애로 보이냐는 농담으로 넘겼다. 그러나 이내 고민에 빠졌다. 엄마에게라도 용서를 빌고 싶었다. 지금이 아니면 평생 말하지 못할 것 같았다.

"엄마, 잠깐만 있어 봐. 들려줄 게 있어."

나는 방에서 오르골을 들고나와 태엽을 돌렸다. 전통 음악을 연주하는 가야금 소리가 거실에 울려 퍼졌다. 음악이 끝나자 거실에는 무거운 정적이 내려앉았다.

"엄마, 이건 꼭 말하고 싶었어. 내 용기가 사라지기 전에…. 아빠가 그날 우리한테 음성 메시지를 남겼잖아. 나중에 그걸 듣다가 알게 됐어. 그 음성 메시지에 아빠가 어디 있는지 알 수 있는 소리가 함께 녹음되어 있었어."

"뭐? 그게 무슨 말이야?"

엄마가 다급하게 묻는 말에 눈물이 나왔다. 그날 엄마는 누구보다 절실했다. 아빠가 살아날 기회를 뺏은 게 모두 내 탓인 것 같았다.

"우리 첨성대 갔을 때 거기서 들었던 소리가 아주 작게 녹음

되어 있었어. 오르골 연주랑 물건 파는 소리 말이야. 내가 더 자세히 들었다면, 더 빨리 알아챘다면, 아빠를 살릴 수 있었을 거야….”

"아들….”

엄마가 눈물을 터뜨린 나를 꽉 끌어안았다. 엄마의 품 안이 너무나 따뜻했다.

"엄마, 미안해.”

"아냐. 그렇게 생각하지 마. 네 잘못은 하나도 없어…. 그래! 지진 같은 거야. 실제로 지진이 일어나기 전까지는 언제 어떻게 일어날지 아무도 알 수 없잖아. 지진은 누구도 못 막아. 우리 인생도 마찬가지야. 도저히 어쩔 수 없는 이런 재난들이 일어나기도 해. 알겠어?”

엄마가 손바닥으로 내 눈물을 닦아 내며 나와 얼굴을 마주했다. 엄마의 눈동자 속에 어린애처럼 우는 내가 보였다.

"어떤 재난 속에서도 그걸 이겨 내는 사람들은 반드시 있어. 우리도 둘이서 꼭 이겨내 보이자. 응? 아빠가 부러워서 질투를 느낄 정도로 말이야. 자기 선택을 후회하게 만드는 거야.”

아주 오랜만에 보는 엄마의 미소는 너무나 밝아 눈이 부실 정도였다. 그전에 보이던 엄마의 모습과는 전혀 달랐다. 삶에 의욕을 가진 사람은 이렇게나 빛이 나는 모양이었다.

"응? 무슨 얘기를 그렇게 하누.”

초저녁에 잠자리에 들었던 할머니가 방에서 나왔다.

"엄마, 우리 때문에 나왔어요?"

"아녀. 변소에 갈라고 깼다."

화장실에 다녀온 할머니는 자연스럽게 거실 소파에 앉았다.

"엄마, 오늘 어떤 손님이 있었냐면…."

엄마는 내게 눈을 찡끗하고는 아무 일도 없던 것처럼 입을 열었다. 그리고 할머니에게 일하다 겪은 일들을 얘기하기 시작했다. 할머니는 눈을 반쯤 감고서 고개를 끄덕이며 들었다.

"엄마, 피곤하면 들어가서 주무셔."

엄마가 권해 봐도 할머니는 괜찮다고 말하며 자리를 지켰다.

"우리 손자는 핵교 잘 댕기고 있나?"

"지금은 방학인데. 이제 곧 고등학교 올라가요."

"잘 댕기야 할 긴데."

"저 이제 도서관 자주 다닐 거예요. 도서관이 엄청 좋게 바뀌었어요…."

나는 지친 엄마를 대신해서 할머니에게 얘기하기 시작했다. 처음에는 무슨 말을 할까 고민스러웠다. 그런데 막상 말하기 시작하니, 근처 도서관이나 땡이 산책, 길고양이 만난 얘기가 술술 흘러나왔다.

우리는 그날 밤 늦게까지 이야기꽃을 피웠다. 지금껏 못다 한 얘기를 나누면서 나는 마음속에 단단하게 응어리진 것들이 조금씩 풀리는 것을 느꼈다.

유자는 나와 여러 사람이 올린 버스킹 영상으로 조금씩 유명해졌다. 그러다 음악 전문 기획사에서 오디션 제의가 들어왔다. 유자는 자신의 모든 것을 걸고 서울로 올라가겠다고 했다.

나는 유자와 함께 한재와 갔었던 강변으로 향했다. 강변의 공터에서는 애들 몇몇이 전처럼 공을 주고받으며 놀고 있었다. 벤치에 앉아 잔잔한 물결 소리를 들었다. 강이 흘러 바다로 가는 것처럼 그냥 훌쩍 떠날 수 있는 유자가 부러웠다. 내 말에 유자는 씁쓸한 미소를 지으며 말했다.

"넌 여기서 할 일이 있잖아. 일단은 학교부터 잘 다녀. 난 혼자니까 가는 거야. 세상에 지킬 게 있는 걸 소중하게 생각해."

유자는 내 어깨를 힘 있게 두드렸다. 그 손길이 든든하게 느껴져 가만히 있었다. 나도 유자를 지키고 싶었는데. 하지만 유자를 붙잡을 수는 없었다.

"내 예명이 왜 유자인지 물었지? 그걸 거꾸로 해 봐."

"자… 유?"

"맞아. 난 어렸을 때부터 누군가에게 계속 휘둘리며 살았어. 부모님이 누군지도 모르고. 보육원에서는 여럿이 함께 지내야 하니까 늘 주위 상황에 날 맞춰야 했어. 근데 앞으로는 내 멋대로 자유롭게 살고 싶어. 그래서 가는 거야. 아무리 힘든 일이 있어도 지금까지 겪어 온 삶으로 이겨 낼 수 있을 것 같아."

유자는 말하면서 점점 더 힘이 생기는 것 같았다. 주먹을 불끈 쥐고 각오를 다졌다. 나도 그런 유자의 마음에 공감이 되었다. 이 좋은 날에 유자가 기운 없어 하는 모습을 보고 싶지 않았다. 나는 밖을 돌아다니며 녹음했던 것들을 유자에게 들려줬다.

"누나, 이것 좀 들어 봐."

나는 요즘 일상에서 무심코 흘려보냈던 소리에 푹 빠져 있었다. 비 오는 소리, 지하철 플랫폼에서 사람들이 지나가는 소리…. 백색 소음*을 듣다 보면 마음이 차분하게 가라앉는 느낌이 들었다. 예전에는 주변의 소리를 듣지 않으려고 이어폰을 귀에 꽂고 일부러 시끄러운 음악을 크게 틀었다. 음악을 들을 생각은 전혀 없었다. 그저 듣기 싫은 소리를 막기 위해서였다. 하지만 이제는 소리에 대한 생각이 완전히 바뀌었다. 세상의 수많은 소리 중에는 내가 듣고 싶어 하는 것도 존재했다. 소리에 민감한 것도 능력이라면 활용하기로 했다.

유자는 이어폰을 귀에 꽂고 내가 녹음한 소리를 들었다. 나는 괜히 긴장되어 유자의 반응을 살폈다.

"누나, 눈 감아."

"뭐? 무, 무슨 말이야?"

이어폰을 빼면서 당황하는 유자의 얼굴이 새빨개졌다. 나도

---

* 모든 색의 빛이 합쳐진 흰색 빛처럼 다양한 주파수의 소리가 고르게 섞여 있는 잡음.

덩달아 깜짝 놀라 손을 흔들었다.

"아, 아냐. 누, 눈 감고 들으라고. 그래야 더 잘 들려."

"그, 그랬어?"

유자는 손으로 부채질을 하며 내 눈을 피해 이어폰을 다시 귀에 꽂았다. 고개를 숙이고 눈을 감은 유자의 모습이 너무나 예뻐 보였다. 나도 모르게 유자의 볼에 뽀뽀했다. 유자는 깜짝 놀라 커다래진 눈으로 나를 봤다. 그 표정이 귀여워 나도 모르게 씩 웃으며 물었다.

"어때?"

유자는 손바닥으로 볼을 만지며 자리에서 벌떡 일어났다. 숨을 씩씩거리는 모습에 더 놀리면 큰일 나겠다는 생각이 들었다.

"아니, 녹음한 거 잘 들었냐고. 뭐 다른 뜻으로 들었어?"

나는 유자의 반응을 모른 척하며 물었다. 유자는 헛기침을 하면서 자리에 다시 앉았다.

"이, 이걸 네가 녹음했다고?"

"이런 걸 백색 소음이라고 한대. 이제부터 나만의 소리를 조금씩 더 늘려 가려고. 내 유튜브 계정에 오면 더 많이 있어."

"이거 빗소리 좋다. 이런 게 있는 줄 몰랐어. 혼자 있을 때 듣고 싶다."

내가 맨 처음에 우연히 녹음한 소리였다. 나도 이 소리를 가장 좋아했다. 유자가 내 마음을 알아주는 것 같았다. 나는 유자와 버스 시간이 될 때까지 여러 소리를 들으며 얘기를 나눴다. 버스를 타기 전 유자는 밝은 웃음을 보였다. 오늘따라 많이 웃는 걸 보니 여길 떠나서 그렇게 좋은가 싶어 서운했지만 그런 마음은 숨기기로 했다.

"네 덕분이야."

"누나, 잘되면 한턱 쏴. 난 누나의 1호 팬이니까. 어디서든 항상 응원할게."

"고마워. 서울로 올라오면 연락해."

오늘 함께 보낸 시간으로 유자가 나를 더 편하게 느꼈을까? 유자는 즐거운 듯 손을 흔들며 버스에 올라탔다. 아쉬운 마음에 떠나는 버스의 뒷모습을 오래도록 눈에 담았다.

돌아오는 길에 한재에게서 톡으로 영상 하나가 왔다. 자신이 땀을 흘리며 북을 치는 모습이었다. 뭔가에 열중하는 모습이 멋있어 보였지만 한재에게는 평생 말하지 않을 작정이었다.

"북소리는 말이야, 몸 전체로 울려. 이건 소리를 잘 못 들어도 상관없어."

한재가 찾아왔을 때 북소리에 대해 했던 말이 떠올랐다. 그 말을 하는 한재의 얼굴은 너무나 진지해서 북을 치는 것이 단순한 시간 때우기가 아니라는 것이 느껴졌다. 열정으로 가득한 한재의 북소리를 들을 때마다 내 마음도 울렁거렸다. 나는 그 이후로 한재가 보내 준 영상을 틀어 북소리를 듣게 되었다.

"꽤 잘 치는구나. 북에 관심 있니?"

옆에서 함께 듣던 엄마가 호기심이 생겼는지 물었다. 할머니도 관심을 보였다.

"친구가 치는 거야. 엄마도 들을 만해?"

"나한테도 보내 봐. 답답할 때 들으면 좋겠다."

한재의 북소리가 엄마에게 좋게 들려서 다행이었다. 누구나 자신의 마음을 울리는 소리가 있는 것 같았다. 사람마다 좋아하는 소리가 무엇일지 알 수 없으니, 세상의 많은 소리를 샘플로 가지고 있으면 좋겠다는 생각이 들었다. 세상에는 나나 엄마처럼 마음을 달래 줄 소리를 찾는 사람이 더 있을 것이다.

흔들린다, 아직도

나는 내 방에 가만히 앉아 숨을 죽였다. 그리고 휴대폰의 녹음 버튼을 눌러 방 가운데에 놔뒀다. 2분이 지나는 동안 나는 숨을 멈추고 가만히 기다렸다. 시작한 지 고작 1년이지만 그동안 이렇게 내 방의 '지금'을 녹음한 뒤, 유튜브에 올려 왔다. 영상의 제목은 '1년이 쌓인 방'이라고 했다. 제목은 나만 알아보면 뭐든 상관없었다. 어차피 나 혼자 올리고 즐기는 공간이었다.

소음은 내게 불규칙하게 뒤섞여 있는 시끄러운 소리일 뿐이었다. 소음을 들으면 불쾌하고 짜증이 나서 참기 힘들었다. 다른 사람에겐 아무 소리도 아니었지만, 나는 신경에 거슬리고 듣기 싫었다. 소음을 듣지 않기 위해 노력했지만 들려오는 걸 막을 수는 없었다. 하지만 지금은 소음의 의미가 조금 달라졌다.

처음엔 그저 우연이었다. 그날은 비가 와서 집에 가는 버스

안이 사람들로 북적거렸다. 습도가 높아 수증기가 피부에 들러붙는 듯 꿉꿉했고, 비에 젖은 바짓단이 발목에 착 달라붙어 불쾌했다. 안 젖게 하려고 바지 주머니 속에 넣어 둔 휴대폰은 자꾸 걸리적거렸다. 그러다 나도 모르게 녹음 버튼을 누른 모양이었다.

집에 도착해서야 음성 녹음 앱이 실행되고 있는 걸 알았다. 당장 앱을 끄려다가 뭐가 녹음되었는지 들어 봤다. 버스에서 사람들이 수런거리는 소리, 정류장에서 집까지 걸어오면서 들리던 차 소리나 빗소리 등이 하나의 잡음처럼 녹음되어 있었다. 매일같이 듣는 아무 의미 없는 소리였다. 하지만 그때 그런 소음들이 어째선지 내 마음을 따뜻하게 어루만져 주는 것 같았다. 몇 번이나 재생해서 눈을 감고 듣다 보니 어느새 잠이 들어 있었다. 오래간만에 푹 자고 일어났을 때 눈물이 날 듯 코끝이 찡해졌다.

그때부터 아무 의미도 없는 소리를 녹음해서 듣기 시작했다. 지나가는 발소리, 나무를 스치는 바람 소리, 빗방울이 떨어지는 소리 등을 들으면 마음이 차분해지면서 편안해졌다. 소리를 피해 다녔던 내가 이제는 고른음을 찾아다니며 소리를 모으게 되었다. 세상을 울리는 소리를 더 많이 알고 싶어졌다.

나는 이제 고등학생이 되었다. 엄마가 걱정한 것보다 학교에 잘 다니고 있다.

지진이라는 재난 후에도 내 일상은 특별할 게 없는 평범한 생활의 연속이었다. 바뀐 게 없는 현실이었지만 아빠의 바람대로 열심히 살아 보기로 했다. 그리고 나중에 아빠를 만나게 되면 얘기해 줄 것이다. 내가 어떻게 살아왔는지를.

오르골이 멈추면 다시 태엽을 돌리면 그만이었다. 태엽을 감고 오르골이 다시 움직이자 익숙한 멜로디가 흘러나왔다. 그 멜로디를 들을 때마다 집이나 길 곳곳에서 아빠와의 추억을 다시 만났다. 멜로디 위에 아빠와의 추억이 층층이 쌓여 갔다.

그리움이 넘칠 때면 아빠에게 음성 메시지를 남겼다. 그게 저 하늘 너머에 닿기를 바라면서.

― *아빠, 거긴 어때요? 여기서는 많이 힘들었죠? 이제 편히 쉬세요. 엄마랑 재밌게 잘 살아 볼게요. 아빠가 샘이 날 정도로요.*

경주 지진이 일어나고 1년이 좀 지난 어느 날이었다. 몸이 흔들린 것 같다고 느꼈을 때 곧바로 휴대폰에서 진동이 강하게 울렸다.

> [기상청] 11월 15일 14:29 경북 포항시 북구 북쪽 8km 지역 규모 5.4 지진 발생/ 낙하물로부터 몸 보호, 진동 멈춘 후 야외 대피하며 여진 주의

경주 지진만큼 큰 규모의 포항 지진이 일어났다. 경주 지진의 여파로 일어나던 여진이 잠잠해지고 한반도에서 지진은 얼핏 사라진 것처럼 보였다. 하지만 지진은 아직도 끝나지 않았다. 재난은 언제든 다시 일어날 수 있었다.

난 아직도 매일 흔들렸다. 하루에도 수백 번씩 흔들릴 때마다 서핑 보드를 타듯이 중심을 잡으며 물결에 몸을 맡겼다. 중심을 잃고 넘어지면 다시 그 위로 올라가 파도를 타면 될 일이었다. 몸이 점점 더 그 흔들림에 익숙해질 때까지.

가만히 귀를 기울이면 지구는 미세한 떨림으로 내게 속삭였다. 파도가 물보라를 일으키며 흩어지는 것처럼 그 소리는 내 마음을 부드럽게 쓸고 지나갔다. 나는 그 순간의 소리를 더 많이 담아냈다. 공기의 떨림까지 녹음되기를 바라면서. 그것은 하나의 메시지였다. 저 먼 우주에서 내게 오는 소리였다. 언젠가는 그 메시지의 의미를 분석할 수 있기를 바랐다. 우주 어딘가에 있을지 모르는 아빠의 말이 내게 전해졌으면 좋겠다는 희망 때문이었다.

지구는 오늘도 심장처럼 쿵쿵 뛰었다. 심장이 몸 곳곳에 깨끗한 피를 보내는 것처럼 지구의 울림도 그리운 인사를 전해 오는 듯했다. 지구의 두근거리는 심장 박동 소리가 들려오면 아빠가 아직도 내 곁에 살아 있는 것 같아서 웃음이 나왔다.

작가의 말

　소중한 사람의 부음을 듣던 상황이 영화의 한 장면처럼 강한 인상으로 남아 있다. 그 순간의 온도와 습도, 공기에서 나는 냄새와 주변의 소리가 아직도 내가 그 자리에 있는 것처럼 선명하다. 한순간 시간이 멈추고, 눈앞이 흐릿해지고, 귀에서 삐— 이명이 울렸다. 머릿속은 하얗게 변해 버렸다. 내가 왜 그곳에 있는지 이해가 되지 않을 정도로 현실 같지 않았다. 그저 정신이 멍했다.
　그때가 지나고 나서야 조금씩 이해하게 되었다. 내 세계가 무너졌다는 것을. 세계와 연결된 다리가 무너지고 말았다는 것을. 이별이 가까워진다는 징조가 있었지만 알아챌 수 없었다. 그것을 안다고 해서 막을 수 있는 것도 아니었다. 그저 나쁜 상황을 미리 상상해 보는 게 다였다. 그런 상상을 할 때조차도 죄의식으로 마음이 무거웠다.
　나이를 먹을수록 그런 순간들이 켜켜이 쌓여 갔다. 대청소를 하겠다고 연 창문으로 햇빛이 쏟아져 들어오면 그제야 집에 먼지가 얼마나 쌓였는지 제대로 보이는 것처럼, 기억은 어느새 내 몸 안에 두껍게 쌓여 있었다. 이 소설을 쓰고 나서야 기억에 쌓인 먼지를 조금은 털어 낼 수 있었다. 대청소가 끝난 날의 개운함 같아서 좋으면서도, 다시 먼지가 쌓일 공간을 상상하면 약간 힘이 빠지는 그런 상태. 그래도 붙잡고 있었던 마음을 조금은 내려놓을 수 있었다. 그것만으로도 감사하다.

2016년에 일어난 경주 지진은 한반도에도 큰 지진이 일어날 수 있다는 현실을 알려 줬다. 그 여파로 2017년 포항에 지진이 일어났을 때는 수능이 일주일 미뤄지기도 했다. 재난은 우리 삶에 엄청난 파장을 몰고 온다는 생각이 들었다. 우리가 서 있는 땅이 지진으로 흔들린다면…, 그것은 우리 삶의 기반이 흔들리는 것과 같다. 그렇게 감당하기 힘든 상황 속에서도 어려움을 이겨 나가야 하는 게 우리 삶이다.

독자들에게 조금이나마 위로가 되길 바라는 마음으로 이 글을 썼다. 우리는 때로 삶이라는 무게에 짓눌리기도 한다. 그래도 독자들은 이 소설의 주인공 재우처럼 삶의 물결에 몸을 맡기고, 자기의 의지로 위로가 되는 소리를 찾게 되기를 바란다.

내 곁에서 나를 응원해 주고 힘이 되어 주는 모든 분들께, 그리고 다른출판사와 편집자님께 감사한 마음을 전하고 싶다.

2025년 푸르름 속에서
최현주

도넛문고
14

다른 인스타그램

뉴스레터 구독

흔들리는 우주에서

초판 1쇄 2025년 6월 20일

지은이 최현주

펴낸이 김한청
기획편집 원경은 차언조 양선화 양희우 유자영
마케팅 정원식 이진범
디자인 이성아 황보유진
운영 설채린

펴낸곳 도서출판 다른
출판등록 2004년 9월 2일 제2013-000194호
주소 서울시 마포구 동교로27길 3-10 희경빌딩 4층
전화 02-3143-6478 **팩스** 02-3143-6479 **이메일** khc15968@hanmail.net
블로그 blog.naver.com/darun_pub **인스타그램** @darunpublishers

ISBN 979-11-5633-696-9 44810
       979-11-5633-449-1 (SET)

* 잘못 만들어진 책은 구입하신 곳에서 바꿔 드립니다.
* 이 책은 저작권법에 의해 보호를 받는 저작물이므로, 서면을 통한 출판권자의
  허락 없이 내용의 전부 또는 일부를 사용할 수 없습니다.

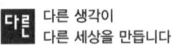

다른 생각이
다른 세상을 만듭니다